16	3	2	13
5	10	11	8
9	6	7	12
4	15	14	1

Coleção LESTE

Viktor Chklóvski

ZOO, OU CARTAS NÃO DE AMOR

Tradução
Vadim Nikitin

Introdução
Richard Sheldon

Texto em apêndice
Letícia Mei

editora 34

EDITORA 34

Editora 34 Ltda.
Rua Hungria, 592 Jardim Europa CEP 01455-000
São Paulo - SP Brasil Tel/Fax (11) 3811-6777 www.editora34.com.br

Imagem da capa:
Detalhe de fotomontagem de Aleksandr Ródtchenko para o livro Sobre isto, *de Vladímir Maiakóvski, 1923*

Capa, projeto gráfico e editoração eletrônica:
Franciosi & Malta Produção Gráfica

Revisão:
Cide Piquet, Danilo Hora, Beatriz de Freitas Moreira

1ª Edição - 2025

CIP - Brasil. Catalogação-na-Fonte
(Sindicato Nacional dos Editores de Livros, RJ, Brasil)

Chklóvski, Viktor, 1893-1984
C724z Zoo, ou Cartas não de amor /
Viktor Chklóvski; tradução de Vadim Nikitin;
introdução de Richard Sheldon; texto em
apêndice de Letícia Mei. — São Paulo:
Editora 34, 2025 (1ª Edição).
192 p. (Coleção Leste)

Tradução de: Zoo, ili pisma ne o liubvi

ISBN 978-65-5525-250-7

1. Literatura russa. 2. Elsa Triolet,
1896-1970. I. Nikitin, Vadim. II. Sheldon,
Richard, 1923-2014. III. Mei, Letícia.
IV. Título. V. Série.

CDD - 891.7

ZOO, OU CARTAS NÃO DE AMOR

APÊNDICE

NOTA DO TRADUTOR

Vadim Nikitin

Até o fim dos anos 1960, *Zoo, ou Cartas não de amor* teve cinco edições: a primeira (1923) saiu em Berlim pela célebre editora Helikon durante o exílio de Viktor Chklóvski, e as seguintes foram sendo publicadas na União Soviética por diferentes editoras com o seu autor já de volta à terra natal (1924, 1929, 1964, 1966). A partir dessas edições, surgiram a tradução francesa (1963), a alemã (1965), a italiana (1966) e a norte-americana (1971). A cada edição em língua russa, Chklóvski armava um novo jogo epistolar, suprimindo cartas e introduzindo outras, lapidando o estilo, preocupado sempre em reescrever a posta-restante, por razões políticas ou estéticas. Trabalho, por assim dizer, palimpséstico.

Em 1969-1970, Richard Sheldon (1923-2014) não só traduziu do russo para o inglês a primeira edição na íntegra, como apontou as variações das quatro edições ulteriores, revelando assim uma espécie de radiografia do palimpsesto. A preciosa edição de Sheldon serviu-nos imenso de referência e material de consulta, e dela incorporamos o excelente e esclarecedor ensaio introdutório. A presente tradução, contudo, tem como original a última edição de *Zoo, ou Cartas não de amor*, ou seja, a derradeira revista por Chklóvski, que a sua morte, em 1984, tornou definitiva. Porque talvez até hoje ele continuasse a raspar o pergaminho.

O tradutor dedica este trabalho à memória de Klara Guriánova.

INTRODUÇÃO[1]

Richard Sheldon

I

No fim da Primeira Guerra Mundial, a Berlim subjugada tornou-se um refúgio para hordas de russos desabrigados. Sete anos ininterruptos de guerra mundial, revolução e guerra civil tinham tirado mais de 3 milhões de russos de sua terra natal. Eles afluíram a Berlim Ocidental em tais quantidades que os alemães chistosamente referiam-se à Kurfürstendamm[2] como Népski Prospekt — um anagrama de Niévski Prospekt, a principal rua de Petrogrado, e NEP, iniciais de Nova Política Econômica, lançada por Lênin em fevereiro de 1921. Uma anedota popular da época contava de um alemão que, ao ouvir apenas o russo sendo falado na Kurfürstendamm, teve um ataque de saudades, voltou a seu apartamento e imediatamente se enforcou.[3]

[1] Esta introdução foi originalmente publicada em *Zoo, or Letters Not About Love* (organização e tradução de Richard Sheldon, Ithaca/Londres, Cornell University Press, 1971), baseada na primeira edição da obra, publicada em Berlim em 1923 e substancialmente diferente da última edição publicada em vida pelo autor, de 1966, na qual se baseia a presente edição. Por isso, foram feitos pequenos ajustes no texto a fim de adequar as referências às cartas, cuja numeração é diferente nas duas edições. A tradução para o português é de Irineu Franco Perpetuo. (N. da E.)

[2] Avenida de Berlim. (N. do T.)

[3] Essa história é narrada por Gleb Struve em seu livro *Russkaia litieratura v izgnánii* (*Literatura russa no exílio*), Nova York, 1956, p. 25;

A guerra entre Alemanha e Rússia culminou no oneroso Tratado de Brest-Litovsk, imposto pela Alemanha em março de 1918 ao regime bolchevique, que lutava desesperadamente pela sobrevivência. Logo depois — em maio de 1919 — os Aliados vitoriosos ditaram o Tratado de Versalhes aos alemães. A Alemanha derrotada e a Rússia comunista, vistas como foras da lei pela América e pela Europa, foram forçadas ao que Churchill chamou de "camaradagem no infortúnio". As relações entre os dois países, rompidas na época do armistício, em novembro de 1918, foram restauradas por um acordo comercial em maio de 1921. Em abril de 1922, quando Alemanha e Rússia foram esnobadas pelos Aliados na Convenção de Gênova, elas se retiraram das reuniões para assinar o Tratado de Rapallo, que providenciou a retomada completa dos laços diplomáticos. Entre 1923 e 1933, essa parceria permitiu à Alemanha contornar o Tratado de Versalhes, secretamente produzindo armas e treinando oficiais na Rússia.

As relações especiais entre os dois países fizeram de Berlim um lugar vantajoso para os refugiados, muitos dos quais não tinham decidido permanecer definitivamente no exterior. Nem as tribulações do exílio, contudo, puderam resolver o facciosismo que impedira uma ação combinada efetiva contra os bolcheviques durante a guerra civil. Em junho de 1921, o assim chamado Congresso de Reichenhall foi convocado como tentativa de cerrar fileiras contra o inimigo comum, mas os círculos de emigrados de direita não conseguiam sequer chegar a um acordo quanto a um pretendente único ao trono. Porém todos, exceto os elementos mais hidrófobos, resistiram às tentativas do nascente partido nazista de ganhar seu apoio. Qualquer tentativa de colaboração entre os dois

o capítulo I oferece muitos *insights* preciosos desse período da emigração russa. (N. do A.)

grupos terminou depois do golpe abortado de Hitler em novembro de 1923.[4]

Elementos conservadores — monarquistas de todos os matizes (exceto o vermelho) — dominaram a Berlim russa até 1922, quando a chegada de muitos liberais influentes alterou a composição da colônia. O influxo foi resultado de três eventos importantes: 1) a transferência da facção Smiena Viekh (Mudança de Orientação) de Paris para Berlim em março; 2) o julgamento público dos líderes do Partido Socialista-Revolucionário em Moscou, no verão; 3) a expulsão de mais de 160 intelectuais dissidentes da Rússia, no outono.

O Smiena Viekh era um grupo de intelectuais animados pelo abrandamento do comunismo, o que eles discerniram no advento da NEP. Esses homens tiraram seu nome do título de alguns ensaios publicados no verão de 1921 — ensaios nos quais eles clamavam pela aceitação do regime bolchevique, com base em que os bolcheviques eram, afinal, os governantes de fato da Rússia e herdeiros das tradições nacionais do país. Os bolcheviques, esperando reaver um pouco da mão de obra qualificada perdida no êxodo, subsidiaram as operações do Smiena Viekh e permitiram que seções fossem organizadas dentro da Rússia.

No outono de 1921, a organização, sediada em Paris, começou a publicar um jornal semanal, também chamado *Smiena Viekh*. Em março de 1922, a operação foi transferida para Berlim, onde o jornal começou a aparecer sob o nome *Nakanúnie* (*Na Véspera*). O grupo fez todo um esforço de proselitismo entre a colônia russa em Berlim. Um tema pre-

[4] Ver Walter Laqueur, *Russia and Germany: A Century of Conflict* (Boston/Toronto, 1965); Louis Fischer, *Russia's Road from Peace to War* (Nova York/Evanston/Londres, 1969); E. H. Carr, *German-Soviet Relations between the Two World Wars* (Nova York, 1966); Hajo Holborn, *A History of Modern Germany, 1840-1945* (Nova York, 1969). (N. do A.)

valente de sua campanha era o contraste entre a decadência da Europa e a vitalidade da nova Rússia — um tema também central em *Zoo*, embora Chklóvski não apoiasse nem admirasse o Smiena Viekh. Na verdade, seus esforços ganharam poucos convertidos em Berlim — com a exceção notável de Aleksei Tolstói. Em meados de 1924, o movimento estava morto, embora tenha perdurado dentro da Rússia até o fim de 1926.[5]

O segundo evento que forneceu elementos liberais à Berlim russa foi o julgamento dos SR em junho de 1922.[6] Os preparativos deste julgamento e seus resultados levaram à fuga e expulsão de uma nova onda de russos — dessa vez, principalmente mencheviques e socialistas-revolucionários. Este foi o evento que forçou Chklóvski a fugir. Ele não se fizera caro ao regime com suas atividades como futurista, crítico formalista e tutor dos Irmãos Serapião.[7] Mas, acima de tudo, tinha ficado ao lado do partido SR depois da Revolução de Fevereiro e servido como comissário do Governo Provisório de Kiêrenski. Em 1918, ele se engajara em trabalho clandestino contra os bolcheviques como parte de um complô para restaurar a Assembleia Constituinte. Foi eximido das acusações resultantes dessas atividades em 1919, por intervenção de Górki, mas escapou por pouco de ser preso em março de 1922, quando as acusações foram retomadas e Górki não estava mais lá para interceder por ele. Após esconder-se em Petrogrado por algumas semanas, fugiu pelo gelo para a Finlândia, em maio, e daí se encaminhou para Berlim no come-

[5] Ver Robert C. Williams, "'Changing Landmarks' in Russian Berlin, 1922-1924", *Slavic Review*, XXVII, 1968, pp. 581-93. (N. do A.)

[6] SR: Socialistas-Revolucionários. Ver David Shub, "The Trial of the SRs", *Russian Review*, XXIII, 1964, pp. 362-9. (N. do A.)

[7] Grupo de jovens escritores russos formado em 1921 sob a égide de Górki, Chklóvski e Zamiátin. (N. do T.)

ço de junho. Todos esses eventos são vividamente descritos em suas memórias *Sentimentálnoie putiechêstvie* (*Viagem sentimental*), que terminam com sua chegada a Berlim.[8]

A colônia russa estava no auge quando Chklóvski chegou, no verão de 1922. Quase todos os melhores escritores de prosa do período pré-revolucionário tinham emigrado, e a maioria deles se instalara em Berlim, que era reconhecida como a capital literária da diáspora russa. Mesmo os escritores e artistas que tinham ficado na Rússia visitaram Berlim com frequência no começo da década de 1920 para participar da estimulante vida cultural do enclave russo. Em *Zoo*, Chklóvski inclui breves retratos de Aleksei Riémizov, Zinóvi Grjêbin, Andrei Biéli, Piotr Bogatyrióv, Ivan Puni (Jean Pougny), Marc Chagall, Iliá Ehrenburg e Boris Pasternak, mas essa é apenas uma lista parcial dos russos proeminentes que frequentaram Berlim nesses anos. Um indignado Maksim Górki deixara a Rússia em outubro de 1921, quando Lênin tornou-se crescentemente insensível à sua influência; Górki instalou-se em Saarow, vilarejo nos arredores de Berlim, e desempenhou um papel de liderança nas atividades da colônia russa. O poeta Serguei Iessiênin passou por Berlim em maio de 1922, com sua mais recente mulher, a famosa dançarina americana Isadora Duncan. Vladímir Maiakóvski passou o outono de 1922 em Berlim e participou ativamente da vida intelectual da colônia russa; ao voltar para casa, relatou as condições de vida por lá e mencionou especificamente o profundo desespero de Chklóvski por estar separado da Rússia.[9] Aleksei Tolstói mudou-se de Paris para Berlim no outono de 1921 e ficou lá até seu regresso à Rússia, na primavera

[8] Ed. bras.: Viktor Chklóvski, *Viagem sentimental*, tradução de Cecília Rosas, São Paulo, Editora 34, 2018. (N. do T.)

[9] Vladímir Maiakóvski, *Polnoe sobranie sotchiniênii* (Obras completas), 13 vols., Moscou, 1955-1961, XII, p. 463. (N. do A.)

de 1923. Vladímir Nabókov, cuja família escapou da Rússia em maio de 1919, visitava com frequência os pais em Berlim enquanto completava seus estudos em Cambridge. (Seu pai, líder do Partido Kadet,[10] foi assassinado por extremistas russos de direita quando discursava em uma convenção de emigrados convocada para encontrar maneiras de aliviar a terrível fome na Rússia.) Nabókov, que já publicava poesia em periódicos de Berlim sob o nome de V. Sírin, instalou-se permanentemente em Berlim em 1923 e usou a colônia russa como ambientação de seu primeiro romance, *Máchenka*, de 1926. Marina Tsvetáieva passou o verão de 1922 em Berlim, a caminho do exílio em Praga. Ehrenburg recorda esses dias turbulentos em suas memórias:

> Em Berlim havia um lugar que fazia lembrar a Arca de Noé, onde se encontravam pacificamente puros e impuros; ele se chamava Casa das Artes. Nesse café alemão ordinário, escritores russos reuniam-se às sextas-feiras. Tolstói, Riémizov, Lídin, Pilniák, Sokolov-Mikitov liam suas histórias. Maiakóvski performava. Iessiênin, Marina Tsvetáieva, Andrei Biéli, Pasternak, Khodassiévitch liam seus versos. Certa feita vi Igor Severiánin, que chegara da Estônia; continuava tão admirado de si como antes, e leu as mesmas "poesias". Uma conferência do pintor Puni desencadeou uma tempestade; discutimos furiosamente Archipenko, Altman, Chklóvski, Maiakóvski, Sternberg, Gabo, Lissitzky e eu.[11]

[10] Partido Constitucional-Democrata (Konstitutsiônno-Demokratítcheskaia Pártiia). O "K" e o "D" da denominação russa formam o acrônimo "Kadet". (N. do T.)

[11] Iliá Ehrenburg, *Memoirs: 1921-1941*, Cleveland/Nova York,

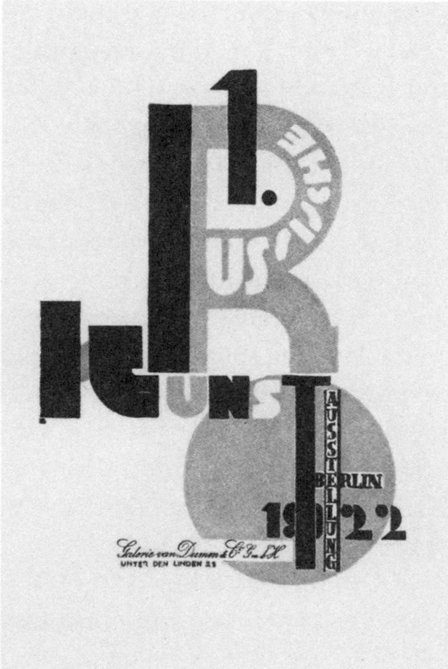

Capa de El Lissitzky para o catálogo da *1º Russische Kunstausstellung*, exposição de arte russa de vanguarda em Berlim, em 1922. Os emigrados russos na cidade contavam centenas de milhares.

A jaula dos ursos do zoológico de Berlim, nos anos 1920, local que aparece em umas das fotomontagens de Ródtchenko realizadas para o livro *Sobre isto*, de Maiakóvski.

A colônia russa floresceu muito brevemente, e então começou a declinar no começo de 1923, à medida que a inflação e a agitação política iam causando danos. Alguns russos como Chklóvski e Biéli acharam o exílio intolerável e voltaram para casa ao custo relativamente baixo de terem sua atividade criativa restringida. Outros, como Górki e Tsvetáieva, viveram no exílio até os anos 1930, quando regressaram à terra natal para perecerem em circunstâncias trágicas. A maioria dos refugiados buscou um novo lar em outros lugares da Europa Ocidental ou da América. Em *Zoo*, Chklóvski registra o processo de dissolução ocorrendo, em igual medida mas por razões diferentes, tanto na Berlim russa quanto na alemã — o estado de espírito sinistro registrado nas cáusticas pinturas de George Grosz, cujo livro *Ecce homo*, assim como *Zoo*, foi publicado em Berlim em 1923.

Desorientado e sem dinheiro, forçado a sair da terra natal e desgraçado no exílio, Chklóvski agravou suas dificuldades ao se apaixonar por uma bela garota russa chamada Elsa Triolet. Elsa era filha de um proeminente advogado russo, Iuri Kagan. Logo após a revolução, ela se casou com um francês, André Triolet, e acompanhou-o ao Taiti. O casamento se deteriorou, e o casal voltou para a Europa — Triolet para Paris, Elsa para Berlim.[12]

A irmã de Elsa, Lília, a quem a primeira carta de *Zoo* é endereçada, era bem conhecida na época como mulher do crítico formalista Óssip Brik e amante do poeta futurista Vladímir Maiakóvski. Maiakóvski conheceu Lília quando estava cortejando Elsa. Em maio de 1915, ele deixou Moscou para

1963, p. 20. Esse livro faz parte de suas memórias intituladas *Liudi, gody, jizn* (*Pessoas, anos, vida*), que Ehrenburg publicou na revista *Novii Mir* (*Novo Mundo*) entre 1960 e 1965. (N. do A.)

[12] *Ibid.*, pp. 23-4. (N. do A.)

visitar amigos em Kuokkala, uma colônia de artistas descrita por Chklóvski na Carta 4. Quando estava lá, fez uma viagem a Petrogrado para ver Elsa, que estava com sua irmã. Foi um encontro fatídico para todos. Maiakóvski prontamente se apaixonou por Lília. Óssip, que tinha recém-terminado a escola de direito, ouviu Maiakóvski declamar sua poesia e ofereceu-se para publicar uma edição do poema "Óblako v chtanákh" ("Nuvem de calças"). Deste modo, ele formou uma associação que logo levou a uma nova carreira como editor e crítico.[13]

Os destinos de Maiakóvski e Chklóvski, velhos amigos e colegas, entrecruzaram-se de forma estranha no fim de 1922. Cada um foi rejeitado pela irmã de sua escolha. Ambos — Maiakóvski em Moscou, Chklóvski em Berlim — retiraram-se para quartos solitários e extraíram de seu desespero notáveis obras literárias sobre o amor não correspondido e a sociedade burguesa não regenerada — Maiakóvski, seu poema longo *Pro eto* (*Sobre isto*),[14] Chklóvski, seu *Zoo*. Ironicamente, enquanto Chklóvski, desdenhoso da sociedade burguesa que o desconcertou na Europa Ocidental, falou em *Zoo* de sua nostalgia da Rússia não estragada, Maiakóvski, em *Pro eto*, ao mesmo tempo a denunciava pelo ressurgimento de tendências burguesas estimulado pela NEP.

As duas obras têm afinidades estilísticas e temáticas notáveis. Como futuristas, Chklóvski e Maiakóvski compartilhavam uma predileção por imagens hiperbólicas que, em

[13] Viktor Chklóvski, *O Maiakovskom* (*Sobre Maiakóvski*) (3ª ed., revisada e incluída em *Jíli-byli*, Moscou, 1966), pp. 311-2. Chklóvski fez uma resenha entusiasmada do poema de Vladímir Maiakóvski na revista futurista *Vziál*, que ele, Maiakóvski e Brik publicaram em dezembro de 1915. (N. do A.)

[14] Ed. bras.: Vladímir Maiakóvski, *Sobre isto*, tradução de Letícia Mei, São Paulo, Editora 34, 2018. (N. do T.)

ambas as obras, resulta na personificação do aparelho de telefone. Seu fio fino pode ou não permitir-lhes fazer contato com as irmãs voluntariosas. As lágrimas profusamente vertidas por cada autor coalescem em enxurradas, uma das quais invade o apartamento de Elsa na nona carta; a outra leva Maiakóvski embora em um bloco de gelo. O gelo acaba por conduzi-lo ao zoológico de Berlim, que ele e Lília visitaram juntos, e ele manifesta a esperança de se tornar um funcionário do zoológico de sua dama, se ela vier a adquirir um.

As personalidades de Chklóvski e Maiakóvski estão em primeiro plano em todas as suas obras, e esses dois exemplos não são exceção. As mulheres em questão não estão revestidas de trajes ficcionais, e os eventos não são recordados com tranquilidade. Chklóvski confunde seu ser real com o ser que ganha vida nas páginas de seu livro, enquanto Maiakóvski conversa longamente com uma projeção de si mesmo sete anos mais jovem. O lirismo autocentrado não era particularmente bem-vindo na Rússia do começo dos anos 1920, nem voltaria a sê-lo até depois da era stalinista.

Em agosto de 1923 — logo antes de Chklóvski voltar à Rússia —, os dois veranearam em Norderney, uma ilha do Mar do Norte, onde se comiseraram de suas dificuldades com as duas irmãs. Como Chklóvski escreveu em suas memórias de Maiakóvski, "junto ao grande mar estrangeiro, com o vento cortando nossos lábios, nossa juventude acabou".[15]

Para Elsa Triolet, a publicação de *Zoo* teve repercussões significativas. Sete das cartas do livro tinham sido realmente escritas por ela, e essas cartas mostraram ser o início de uma distinta carreira literária. Quando Chklóvski terminou o livro, em janeiro de 1923, ele enviou o manuscrito para Górki.

[15] Viktor Chklóvski, *O Maiakovskom*, em *Jíli-byli*, cit., p. 381. (N. do A.)

As irmãs Lília Brik e Elsa Triolet em 1918.
Em 1923 Maiakóvski dedicaria seu *Sobre isto* a Lília Brik,
e Chklóvski, seu *Zoo* a Elsa Triolet.

Viktor Chklóvski e Vladímir Maiakóvski
em Norderney, na Alemanha, em agosto de 1923
(fotografia de Óssip Brik).

Na época, Górki estava assentando as bases para uma nova revista, cuja criação Chklóvski havia sugerido — uma revista que seria um fórum não apenas para russos emigrados, mas também para russos soviéticos, recentemente tolhidos pela censura rigorosa instituída pelo regime bolchevique no começo de 1922. Górki também pretendia solicitar contribuições dos principais intelectuais da Europa Ocidental; ele esperava que a disseminação de suas ideias na Rússia mitigasse o barbarismo que o deprimira e assustara nos anos revolucionários.

O poeta Vladislav Khodassiévitch, coeditor, escolheu para a revista o nome *Bessiêda* (*Colóquio*), que teve sete números publicados entre 1923 e 1925. Apesar de vagas promessas, o governo soviético nunca permitiu a venda da revista dentro da Rússia, e os autores soviéticos quase imediatamente encontraram dificuldades insuperáveis para enviar seus manuscritos para fora da Rússia — tudo isso impediu a revista de realizar os objetivos que Górki tencionava, e deixou-o tão furioso que ele jurou não colaborar com nenhuma revista soviética enquanto a proibição durasse (um juramento logo esquecido).

O manuscrito de *Zoo* chegou a Górki num momento em que ele estava furioso com Chklóvski. Górki acabara de persuadir o poeta Serguei Lvóvitch Rafalóvitch a entrar para a equipe da futura revista. Certa noite, na Casa das Artes, Chklóvski criticou uma das falas de Rafalóvitch de modo tão selvagem que Górki temeu que o projeto inteiro estivesse em risco. Em uma carta a Khodassiévitch ele deu vazão a seu aborrecimento:

> 16 de fevereiro de 1923
> Caro Vladislav Felitsiánovitch,
> Chklóvski escreve:
> "Através da Época e de Maksim, fiquei saben-

do que vocês de Saarow querem a minha cabeça.[16] Nesse incidente com Rafalóvitch estou certamente errado.

A razão do incidente é a seguinte: eu estava com uma febre de 82.61 (um número de telefone).[17] Em suma, estou apaixonado e desesperadamente infeliz."

Nada disso me consola nem um pouco, nem muda minha opinião sobre o incidente. Chklóvski pensa: "Essa coisa toda não vai fazer mal à revista".

Ele mandou três esboços. Não gosto nada dos dois primeiros, mas gostaria que você lesse *Tempo frio*. Preciso saber sua opinião até domingo. Claro que *Tempo frio* requer grandes correções e cortes aqui e ali.

Saudações calorosas,

A. Pechkov[18]

O esboço de que Górki fala é a elegia a Khliébnikov, que se tornou a quarta carta de *Zoo*. Górki publicou essa e três outras cartas no primeiro número de *Bessiêda*. Não sem ma-

[16] Época era a empresa que publicava a *Bessiêda* de Górki; seu dono, Solomon G. Kaplun (Súmski), relatou o desagrado de Górki a Chklóvski. "Maksim" é o filho de Górki, Maksim Alekséievitch Pechkov (1897-1934). (N. do A.)

[17] A temperatura é dada de acordo com a escala Réaumur, que registra o ponto de fervura da água em oitenta graus. (N. do A.)

[18] "Pisma Maksima Gorkogo k V. F. Khodassievitchu (1922-1925)" ("Cartas de Maksim Górki a V. F. Khodassiévitch (1922-1925)"), *Novii Jurnal* (*Revista Nova*), nº 29, 1952, p. 206. Uma tradução inglesa dessas cartas, preparada por Hugh McLean, saiu em *Harvard Slavic Studies*, I, Cambridge, 1953, pp. 280-334. A informação sobre *Bessiêda* nessa introdução vem dessas cartas e de anotações preparadas por Khodassiévitch. (N. do A.)

lícia, contudo, ele observou que as melhores cartas do manuscrito eram aquelas escritas pela mulher, especialmente a que continha suas impressões do Taiti (Carta 21). Ele a aconselhou a expandir a carta e fazer dela um livro e, ao longo de 1923, conheceu Elsa e se correspondeu com ela sobre o projeto.[19] O livro, intitulado *Na Taiti* (*No Taiti*), foi completado e publicado em 1925. Seguiram-se dois outros livros, também escritos em russo: *Zemlianíka* (*Morangos*), 1926, e *Zaschítnii sviet* (*Cor de defesa*), 1928. Em 1928, Elsa casou-se com Louis Aragon, e no final dos anos 1930 começou a escrever romances em francês. Sua participação na Resistência Francesa resultou em um livro de contos intitulado *Le Premier accroc coûte deux cents francs* (*O primeiro rasgão custa duzentos francos*), que ganhou o Prix Goncourt em 1945.

É digno de nota que a tradução francesa de *Zoo*, que apareceu em 1963, tenha sido publicada como parte de uma coleção de autores russos articulada por Elsa Triolet e Aragon. A tradução foi feita por Vladímir Pozner, outrora membro dos Irmãos Serapião; agora, como Elsa, ele era um famoso romancista francês.

Os meses que Chklóvski passou em Berlim foram cheios de atividade literária frenética. Durante 1923, além de *Viagem sentimental* e *Zoo*, ele publicou vários artigos e mais dois livros: *Khod koniá* (*O movimento do cavalo*), coletânea de crítica teatral escrita na Rússia antes da emigração, e *Literatura i kinematograf* (*A literatura e o cinematógrafo*), sua primeira grande incursão na teoria do cinema.

No outono de 1923, sua bizarra petição ao Comitê Central do Partido Comunista (Carta 30) recebeu uma resposta favorável, devido à intercessão de Górki e Maiakóvski, e

[19] *Letopis jizni i tvorchestva Maksima Gorkogo* (*Crônica da vida e obra de Maksim Górki*), ed. B. V. Mikháilovski, L. I. Ponomariov e V. R. Shcherbina (4 vols.; Moscou, 1958-1960), III, pp. 320-30. (N. do A.)

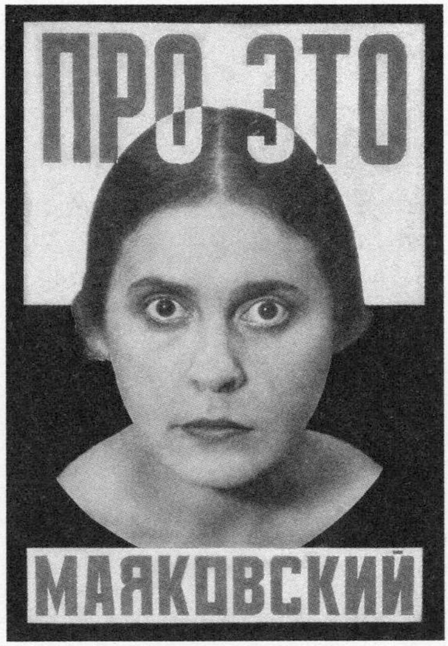

A revista *Bessiêda*, nº 1, de 1923, dirigida por Górki, onde foram publicados quatro textos de *Zoo*, e a capa do livro *Sobre isto*, de Maiakóvski, com um retrato de Lília Brik em fotomontagem de Aleksandr Ródtchenko.

Capa da primeira edição de *Zoo, ou Cartas não de amor*, de Viktor Chklóvski, desenhada por El Lissitzky, 1923.

Chklóvski retornou à Rússia. Seu retorno parece ter sido ditado por sua inabilidade crônica em se ajustar à vida europeia, embora Nina Berbérova sugira outra possibilidade: que a mulher de Chklóvski foi presa após sua defecção e mantida como refém para assegurar seu retorno.[20] Ele se reuniu à mulher e os dois se mudaram para Moscou, onde seu filho Nikita nasceu em 1924.

II

> Sem ti, beleza fatal! nunca teria sentido este contraste insuportável de grandeza no fundo de minha alma e de baixeza em minha fortuna; teria vivido tranquilo e morreria contente, sem dignar-me notar que lugar ocupava no mundo. Mas ter-te visto e não poder possuir-te; adorar-te, e não ser mais que um homem; ser amado e não poder ser feliz; habitar os mesmos lugares, sem poder viver contigo, ó Júlia, a quem não posso renunciar! Ó destino, que não posso vencer! Que horríveis combates suscitais em mim, sem jamais poder superar os meus desejos nem a minha impotência!
>
> Jean-Jacques Rousseau,
> *La Nouvelle Héloïse*,
> Parte I, Carta 26[21]

Em seu subtítulo, *A terceira Heloísa*, Chklóvski faz um trocadilho com o nome de Elsa e estabelece um paralelo en-

[20] Nina Berbérova, *The Italics Are Mine* (Nova York, 1969), pp. 197-8. (N. do A.)

[21] Jean-Jacques Rousseau, *Júlia, ou A nova Heloísa*, tradução nossa. (N. do T.)

tre seu *Zoo* e o interminável romance epistolar de Jean-Jacques Rousseau *La Nouvelle Héloïse*. Ambos os títulos evocam por fim a Heloísa medieval, malfadada amada de Abelardo. Cada um dos modelos literários de *Zoo* apresenta uma jovem de boa família que é seduzida por seu tutor culto, porém socialmente inaceitável, pelo qual a jovem se apaixona profundamente. Quando seu encontro é descoberto, o jovem tutor é banido da casa, e a jovem é enviada a um convento (religioso para Héloïse, secular para Julie). Lá, com sucesso apenas moderado, ela tenta esquecer o amante e desenvolver sua vida espiritual. Os tutores, incapazes de combater as convenções sociais armadas contra eles, são forçados a viver em celibato. Ambas as histórias estão preservadas em uma série de cartas.[22]

Essa superestrutura literária erigida por Chklóvski nunca é mencionada explicitamente no corpo do romance, mas parece sobretudo concebida para sugerir contrastes irônicos. Todos os três heróis apresentam quantidades raras de persistência, egocentrismo e autopiedade em suas cartas de amor, mas parecem essencialmente dissimilares (ninguém acusaria Chklóvski de sentimentos religiosos fortes). As três heroínas têm ainda menos em comum, e a discrepância fundamental é que Elsa não ama Chklóvski — um fato que ele lamenta e vinga com sua *plume criminelle*.[23] As cartas de amor apaixonadas e aflitas de Héloïse e Julie diferem notavelmente das cartas indiferentes, porém sedutoras, da autoindulgente Elsa.

[22] É uma coincidência interessante que Laurence Sterne, cujos romances *Viagem sentimental* e *Tristram Shandy* influenciaram Chklóvski tão profundamente, também tenha escrito um livro chamado *Diário a Eliza*, que é um romance epistolar altamente autobiográfico sobre um amor não correspondido. O nome Eliza até serve de trocadilho com os nomes Elsa (Elza em russo) e Héloïse. (N. do A.)

[23] "Pena criminosa", em francês no original. (N. do T.)

Ao mesmo tempo, há certas similaridades entre os romances de Rousseau e de Chklóvski. Para começar, as notas de rodapé irônicas usadas por Rousseau têm suas equivalentes nas sinopses de Chklóvski. Há também um paralelo entre os comentários de Saint-Preux sobre Paris e os comentários de Chklóvski sobre Berlim. Ambos os personagens desprezam as elaboradas convenções sociais — a preocupação com as aparências, a falta de sinceridade — que observam nessas capitais estrangeiras.

Em seu livro *Gámburgski schiót*[24] Chklóvski descreveu o processo criativo que levou à construção desse bizarro romance epistolar:

> *Zoo* foi escrito por mim em Berlim e originalmente concebido como um livro-biscate.
>
> Eu queria apresentar uma série de caracterizações de pessoas e inserir no livro exemplos de sua obra, o que é a marca registrada de Zinôvi Grjêbin.[25]
>
> Nesse livro inicial não escrito havia algumas caracterizações que depois descartei; eram todas muito ofensivas. Havia um artigo sobre os membros do Smiena Viekh e uma caracterização do dono da editora Helikon, cujo nome é Vichniák.[26]
>
> Mesmo agora abstenho-me com dificuldade de dizer algumas coisas desagradáveis a seu respeito.
>
> Mas ao mesmo tempo eu tinha um tema completamente diferente: precisava dar uma motivação à aparição de peças desconexas.

[24] "Ranking de Hamburgo", em russo no original. (N. do T.)

[25] Zinôvi Grjêbin (1877-1929), caricaturista e editor russo, emigrou em 1921 para Berlim, onde continuou a publicar obras de sua terra natal. (N. do T.)

[26] Abram Grigórievitch Vichniák (1895-1943). (N. do A.)

> Introduzi o tema da proibição de escrever sobre o amor, e essa proibição fez entrarem no livro passagens autobiográficas e o tema do amor. Quando coloquei os pedaços do livro acabado no chão e me sentei no parquete para juntar tudo, um outro livro surgiu — não aquele que vinha fazendo.
>
> Nele há passagens que reformulei; de modo geral, escrevi o livro no calor da hora, não se pode lê-lo em voz alta. O livro é melhor que meu propósito ao escrevê-lo.[27]

De fato, o livro é essencialmente uma série de retratos impressionistas, motivados pelas tentativas persistentes e infrutíferas do autor de evitar o tema do amor. Como o tema tradicional do romance epistolar é o amor, preferencialmente do tipo não correspondido, a proibição de Elsa do tema força Chklóvski a renovar o gênero, substituindo-o por material não convencional — não apenas os retratos, mas também uma elegia (Carta 4), paisagens urbanas (17), uma fantasia dramática (9), assim como ensaios sobre teoria e crítica literária (especialmente 22). Ao longo do livro, Chklóvski busca obedecer ao édito de Elsa discutindo literatura. Ele se move amplamente pela literatura russa e ocidental: Andersen, Boccaccio, Swift, Voltaire, Kipling, Tolstói, Púchkin, Liérmontov, contos folclóricos e de fadas; em todas essas incursões literárias, contudo, ele apenas encontra metáforas de sua própria situação deplorável, padrões que o devolvem inexoravelmente ao tema proibido: seu amor por Elsa.

[27] Viktor Chklóvski, "Rietsiénziia na etu knígu" ("Uma crítica a este livro"), *Gámburgski schiót*, Leningrado, Izdateltsvo Pissatelei v Leningrade, 1928, republicado em 1986 por Antiquary (Orange, EUA/Düsseldorf, Alemanha), pp. 108-9. (N. do A.)

Elsa funciona no livro como a heroína de um romance, mas ela também é, como o autor afirma explicitamente, uma metáfora realizada. Ela representa os valores burgueses de uma Europa Ocidental esgotada, que Chklóvski desdenhosamente equipara a calças com vinco e modos à mesa. Ele prefere os valores menos convencionais da Rússia, seu provincialismo terreno e sua vitalidade, que ele desafiadoramente contrapõe à elegância e sofisticação europeias. Em ainda outro nível de abstração, ele manifesta o medo da tecnologia ocidental que perturbou os autores russos, de Dostoiévski e Tolstói a Soljenítsin. Especialmente na Carta de introdução e na Carta 8 ele adverte que os avanços da ciência estão separando o homem da natureza e ameaçando criar uma civilização dominada pela máquina que não terá lugar para o indivíduo.

As observações mencionadas explicam os dois subtítulos enigmáticos do livro: *Cartas não de amor* e *A terceira Heloísa*. Quanto ao título principal, *Zoo*, ele se aplica ao livro de diversas maneiras. O Tiergarten[28] de Berlim ficava na então parte russa da cidade, e os russos tendiam a passear em suas vizinhanças. Em um nível menos concreto, Chklóvski via paralelos dolorosos entre os animais e seus equivalentes russos. Esse paralelo é cuidadosamente sustentado ao longo do livro — em primeiro lugar, pela escolha da epígrafe: o poderoso poema "Zoológico", de Velimir Khliébnikov, sobre a deterioração de animais enjaulados. A Carta 6, sobre o macaco antropoide do Zoológico de Berlim, reforça esse paralelo, e ecos dele ocorrem na carta sobre Riémizov (5), a elegia a Khliébnikov (4) e no final da carta sobre Hamburgo (17).

Os temas do amor e do cativeiro que soam nos títulos unem com segurança os segmentos díspares do livro. A uni-

[28] Parque de Berlim que abriga o Jardim Zoológico. (N. do T.)

Elsa Triolet em 1924 (fotografia de Aleksandr Ródtchenko).

dade também é provida pelos frequentes paralelos bíblicos e pelas frases recorrentes. As doze pontes de ferro mencionadas na Carta 1, por exemplo, recorrem nas Cartas 17 e 24, quando se tornam emblemáticas das atribulações de Chklóvski. Outras frases-chave são "ser leve", "seis camisas" e "saber segurar um garfo". A pronúncia das sibilantes russas é um problema tanto para os negros do Taiti (Carta 21) quanto para os judeus da Ucrânia (Carta 11), mas os riscos são um pouco maiores para os judeus: pronúncia errada significa morte.

Ao longo do livro, com frequência Chklóvski comenta seus artifícios, especialmente nas sinopses irônicas que prefaciam cada carta. Aí ele deixa de ser o amoroso frustrado e torna-se o escritor-técnico, sentado à sua mesa como um sapateiro e moldando a matéria-prima de sua experiência com uma série de ferramentas favoritas. Nesse livro, contudo, Chklóvski encontra dificuldades reais em observar a fronteira entre vida e arte que, ele sempre insistiu, dividia dois mundos autônomos. Ele não consegue mais separar seus papéis de técnico em literatura e apaixonado, ou os papéis de Elsa como metáfora realizada e mulher amada. Evidências internas e externas sugerem que Chklóvski estava à beira de um colapso nervoso ao escrever *Zoo*. O livro inteiro não é tanto um produto escrupulosamente construído quanto um exercício de sublimação, o que fica explícito na elegia a Khliébnikov (Carta 4). Dos tormentos de um amor não correspondido Chklóvski criou um livro, e ele sugere que uma motivação similar proporcionou ao homem a maioria de suas realizações culturais.

O livro que emergiu desses tormentos afasta-se radicalmente do tradicional romance epistolar e da tradição do romance da literatura russa do século XIX. Quando *Viagem sentimental* e *Zoo* apareceram em 1923, os críticos formalistas Boris Eikhenbaum e Iuri Tyniánov trataram-no como parte de uma tendência promissora que poderia criar um novo tipo de romance documental. Tyniánov, após examinar a cena literária russa do começo dos anos 1920 e achá-la demasiado devedora do Ocidente ou das tradições russas do século XIX, falou com aprovação de *Zoo* como uma tentativa bem-sucedida de ampliar as fronteiras da literatura:

> O *Zoo* de Chklóvski também "abre novos caminhos".
>
> Antes de tudo, é claro que as cartas não dão em absoluto a impressão de serem cartas privadas — e nesse sentido não têm a ver nem com as cartas de Rôzanov nem com os fragmentos de Górki de que o próprio Chklóvski fala no romance. São "cartas" literárias com imagens literárias em cadeia, com muitas linhas de enredo.
>
> Mas onde reside o interesse do livro, por que essa prosa imagética que era impossível em Biéli é possível em Chklóvski? O livro é interessante porque um único centro emocional fornece a base, ao mesmo tempo, para um romance, um folhetim e uma investigação científica. O material do folhetim e do romance estão entrelaçados com a teoria literária de uma forma totalmente incomum. Não estamos acostumados a ler um romance que se manifesta ao mesmo tempo como investigação científica. Não estamos acostumados a ciência em "cartas de amor", nem sequer em "cartas não de amor". Nossa cultura está assentada na diferenciação severa entre ciência e arte. Apenas em alguns casos — contam-se nos dedos — essas áreas uniram-se em um todo: assim Heine em seus *Reisebilder*,[29] suas *Car-*

[29] *Quadros de viagem*, em alemão no original. Dessa série, a Edito-

> *tas de Paris* e particularmente na *História da filosofia e da literatura na Alemanha* combinou correspondência de jornal, retratos muito pessoais e o sal grosso do pensamento científico.
>
> Esse romance, emocional sem temer o sentimentalismo, está baseado em material incomum — também "abre novos caminhos".[30]

Certamente, contudo, *Zoo* não é literário no sentido em que seu parente distante, o romance epistolar *Gente pobre*, de Dostoiévski, o é. Verdade que as cartas são acanhadas, talvez até autoindulgentes como a maioria dos resenhistas afirmou, mas são altamente pessoais apesar da abundância de material literário. Na realidade, seria possível argumentar que, de certa forma, esse romance idiossincrático tem antecedentes na carta pessoal praticada pelo círculo literário Arzamás, a que Púchkin e Viázemski pertenciam. Suas cartas eram escritas em linguagem popular, com um tom íntimo, e tinham uma qualidade de mosaico, com fragmentos de poesia, jogos de palavras, gracejos e comentários pessoais intercalados a observações literárias. Nesse sentido, as cartas de Chklóvski representam a retomada e a transformação de um gênero canonizado no primeiro quarto do século XIX.[31]

ra 34 publicou a primeira parte, *Viagem ao Harz*, em tradução de Mauricio Mendonça Cardozo, 2014. (N. do T.)

[30] Iuri Tyniánov, "Literaturnoie segodnia" ("O hoje da literatura"), em *Literatúrnaia evoliútsia — Izbrannie trudy*, Moscou, Agraf, 2002, p. 414. (N. do A.)

[31] Especialmente relevante é o artigo de Nikolai Stiepánov, "Drujeskoie pismo natchala XIX veka" ("A carta de amizade do começo do século XIX"), *Rússkaia proza: sbornik statei* (*Prosa russa: coletânea de artigos*), editado por B. Eikhenbaum e I. Tyniánov (Leningrado, 1926), pp. 74-101.

Vladímir Maiakóvski, Óssip Brik, Boris Pasternak, Serguei Tretiakov, Viktor Chklóvski, Lev Grinkrug, Óssip Beskin e Piotr Neznámov (de pé), Elsa Triolet, Lília Brik, Raíssa Kushner, Ievguênia Pasternak e Olga Tretiakova (sentadas), em Moscou, 1925.

Lília Brik (sentada) e Elsa Triolet (de pé), posando com roupas da estilista russa Nadiéjda Lamánova em 1925.

Naquela época, o Arzamás abordava diretamente o problema de forjar uma nova linguagem literária para se opor à linguagem entorpecida de seus predecessores remotos e à prosa poética de seus predecessores imediatos. Ele procurava acabar com a dicotomia rígida entre linguagem coloquial e linguagem literária. No primeiro quarto do século XX, a OPOIAZ, círculo literário dos formalistas, estava envolvida em tarefas similares — revoltar-se contra o estilo e a estrutura do romance realista russo e contra a prosa melíflua dos simbolistas. Tyniánov e Eikhenbaum viam *Viagem sentimental* e *Zoo* como parte dessa revolta.

Como quer que se encare o livro — como uma história de amor, um romance epistolar experimental, uma amostra de prosa formalista, uma evocação da Berlim russa, um estudo de caso das práticas soviéticas de censura ou uma história sobre alienação e dor no exílio —, *Zoo* tem um significado especial para Chklóvski, e ele o menciona com frequência em seu trabalho. Em 1939, celebrou seu décimo quinto aniversário.

> Um de meus livros completa quinze anos: o romance *Cartas não de amor*.
>
> Se esse romance fosse um menino, ele já estaria sonhando em trocar sua espingarda de chumbinho por um rifle e andar de motocicleta.
>
> Na verdade, esse livro não é tão velho.
>
> Se fosse um ser humano, pareceria mais jovem.
>
> Mas não sou como era então, nem o é aquela sobre quem escrevi.
>
> Não como ela era então.[32]

[32] Viktor Chklóvski, *Dnievnik* (*Diário*), Moscou, 1939, pp. 4-5. (N. do A.)

Elsa Triolet em 1939, ano em que se casou com Louis Aragon (fotografia de Gisele Freund).

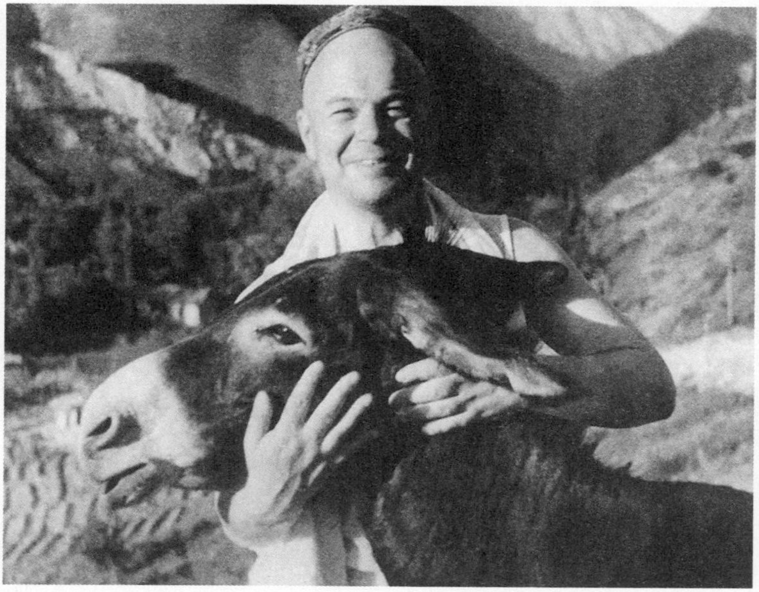

Viktor Chklóvski em 1939.

A amargura e a dor que informam a primeira edição continuaram a esmaecer com a passagem do tempo — de prefácio em prefácio. No prefácio final, o autor, já com mais de setenta anos, confronta mais uma vez o momento que agora recuou quase cinquenta anos rumo ao passado. Aludindo às atribulações que os anos de entremeio trouxeram, ele contempla aquele momento distante com uma tranquilidade duramente conquistada. Elsa Triolet morreu em Paris, em 1970, aos 73 anos. Chklóvski ainda vive e escreve livros em Moscou.[33]

(1971)

[33] Viktor Chklóvski faleceria 13 anos depois, em Moscou, em 6 de dezembro de 1984. (N. do T.)

ZOO, OU CARTAS NÃO DE AMOR

Traduzido do original russo *Zoo, ili pisma ne o liubvi (1922-1923)*, de Viktor Boríssovitch Chklóvski, São Petersburgo, Grupo Editorial Ázbuka-Klássika, 2009. As notas do tradutor fecham com (N. do T.).

Dedico este livro
a Elsa Triolet
e dou a ele o título de
A terceira Heloísa[1]

[1] Título calcado nas cartas de amor trocadas entre Heloísa de Argenteuil e Pedro Abelardo, ambos filósofos eminentes do século X, bem como no romance epistolar *Júlia, ou A nova Heloísa* (1761), de Jean-Jacques Rousseau. Em russo, "terceira Heloísa" (*triêtia Eloisa*) é um anagrama de Elsa Triolet. (N. do T.)

PREFÁCIO DO AUTOR À 1ª EDIÇÃO

Este livro foi escrito da seguinte maneira.

A minha ideia inicial era fazer uma série de ensaios sobre a Berlim russa, e depois me pareceu interessante enlaçar esses ensaios com um tema comum. *Jardim Zoológico* (*Zoo*) — já me havia ocorrido o título do livro, mas ele ainda não era o bastante para juntar os pedaços. Imaginei então compor a partir deles algo assim como um romance epistolar.

Um romance epistolar não pode prescindir de uma motivação — por que as pessoas precisam tanto se corresponder? As motivações de praxe são o amor e a separação. Apropriei-me de um caso particular dessas motivações: cartas escritas por um homem que ama uma mulher que não tem tempo para ele. Aqui precisei de um novo detalhe: visto que o material de base do livro não apresentava caráter amoroso, determinei que era proibido escrever sobre o amor. Daí resultou o que enunciei no subtítulo — *Cartas não de amor*.

Eis que o livro começou a se escrever por si só, ele mesmo demandou a coadunação do material, ou seja, da linha lírico-amorosa com a linha descritiva. Submisso à vontade do destino e do material, coadunei esses elementos por meio da comparação: assim, todas as descrições se revelaram metáforas do amor.

Esse é um procedimento usual em se tratando de assunto erótico: rejeita-se o padrão realista e ratifica-se o padrão metafórico. Vejam-se, por exemplo, os *Contos secretos*.[2]

Berlim, 5 de março de 1923

[2] *Contos populares russos proibidos* (*Rússkie zaviétnie skázki* — o adjetivo *zaviétni* significa também "querido", "secreto", "íntimo"), seleta de narrativas folclóricas de forte sabor satírico e erótico organizada pelo folclorista Aleksandr Nikoláievitch Afanássiev (1826-1871) e publicada anonimamente na Suíça em 1872. No livro *Sobre a teoria da prosa* (1925), Chklóvski vale-se várias vezes dos *Contos* para ilustrar a sua teoria do estranhamento. (N. do T.)

SEGUNDO PREFÁCIO PARA UM LIVRO ANTIGO

Meu passado — você existiu.

Existiram as calçadas matutinas das ruas berlinenses.

Os mercados juncados pelas pétalas brancas das macieiras em flor.

As ramagens das macieiras, metidas em baldes, eram dispostas sobre as longas mesas do mercado.

Mais tarde, no verão, havia rosas em longas ramagens — provavelmente, rosas-trepadeiras.

As orquídeas ficavam na floricultura da Unter den Linden,[3] mas eu nunca as comprava. Eu era pobre. Eu comprava rosas — em vez de pão.

Há muito levaram embora o que foi extirpado do coração. Daquele passado só me dói: o homem daquele passado.

Neste livro, abandonei-o (o meu eu antigo), como nos antigos romances abandonavam numa ilha deserta um marinheiro faltoso.

Viva o culpado: aqui é quente. Não posso reeducá-lo. Sente-se, mire o ocaso. As cartas que não constam da primeira edição foram realmente escritas por você, mas você não as enviou então.

Leningrado, 1924

[3] O bulevar Unter den Linden (em alemão, "Sob as tílias") é um dos principais de Berlim, e inspirou poetas como Goethe, Heine e Schiller.

TERCEIRO PREFÁCIO

Eu tenho setenta anos. A minha alma jaz diante de mim.

Ela já está gasta nos vincos.

Aquele livro a envergou. Eu a aprumei.

As mortes dos amigos faziam vincos na alma. A guerra. As discussões.

Os erros. As mágoas. O cinema. E a velhice, que afinal chegou.

Alivia-me não conhecer os lugares por onde você anda, os seus novos amigos, as velhas árvores que ficam perto do seu moinho.[4]

A memória se espraiou em círculos. Os círculos alcançaram a margem de pedras. Não há passado.

Os círculos afluíram à margem — anéis do amor.

Não me sentarei à beira-mar, não esperarei a ver navios, não chamarei pelo meu peixinho de sardas douradas.

Não me sentarei de noite à beira-mar, não baldearei água com um velho chapéu de feltro marrom.

[4] Em 1951, Elsa Triolet e Louis Aragon adquiriram o velho moinho de Villeneuve, em Saint-Arnoult-en-Yvelines, nos arredores de Paris, e o transformaram em casa de campo, onde depois se estabeleceram. Os dois foram enterrados juntos no jardim e o moinho está em movimento até hoje na sala da propriedade, que atualmente é uma casa-museu e um centro cultural dedicado à arte contemporânea. (N. do T.)

Não direi: "Mar, devolva-me os anéis".[5]

Até pela noite eu já esperei. Recolhidas do céu as incompreensíveis estrelas.

Apenas Vênus, a estrela-mor da tarde e da manhã, voltou ao céu. Fiel ao amor: amo outra.

De manhã, numa hora em que já se pode distinguir a linha branca da linha azul, eu digo a palavra — Amor.

O sol se derramou no céu.

A manhã da canção não tem fim, nós é que vamos embora.[6]

Veremos pelo livro, como pela água, que travessias percorreu o coração, quanto do passado restou no sangue e no orgulho, aos quais se dá o nome de lirismo.

Moscou, 1963

P. S.: Já faz décadas que Ália é uma escritora francesa célebre por sua prosa e pelos versos que lhe foram dedicados.

P. P. S.: Ália morreu, e eu tenho oitenta anos de idade. Ainda não fui visitar o seu túmulo.

[5] Alusão ao folclore eslavo a respeito de peixes milagreiros e anéis mágicos ocultos em águas profundas. (N. do T.)

[6] Eco do poema "The Paradox of Time" ("O paradoxo do tempo", 1877), de Henry Austin Dobson (1840-1921), autor bastante citado por Chklóvski nas suas obras posteriores: "Time goes, you say? Ah no!/ Alas, Time stays, we go" ("O Tempo passa, você diz? Ah, não!/ Hélas, o Tempo fica, nós é que passamos"). (N. do T.)

QUARTO PREFÁCIO

Um homem sozinho caminha sobre o gelo — em torno dele, neblina. Ele tem a impressão de que segue reto. O vento dissipa a neblina: o homem vê a meta, vê os seus rastos.

Acontece que o bloco de gelo deslizava e mudava de rumo: a trilha deu um nó — o homem se viu perdido.

Eu queria viver e tomar decisões honestamente, sem me esquivar das dificuldades, mas emaranhei o meu caminho. Errando e vagueando, vim parar como emigrado em Berlim.

Narrei essa história em *Viagem sentimental*,[7] livro que teve duas edições na Rússia; não vou reeditá-lo agora.

Tudo isso se deu durante o ano de 1922. No estrangeiro, eu sentia saudade; depois de um ano, graças às diligências de Górki e Maiakóvski, consegui regressar à terra natal.

O livro que vocês lerão agora foi escrito em Berlim, e é a quarta vez que o editam na Rússia.

1965

[7] *Viagem sentimental: memórias (1917-1922)*, livro de 1923 (ed. bras.: São Paulo, Editora 34, 2018, tradução de Cecília Rosas, série Narrativas da Revolução). (N. do T.)

EPÍGRAFE

Zoológico

Velimir Khliébnikov

Oh, Jardim, Jardim!

Onde o ferro é como um pai que lembra a irmãos que irmãos são e estanca a luta sanguinolenta.

Onde os alemães vão tomar cerveja.

E as beldades, vender o corpo.

Onde as águias repousam como eternidade finda neste dia de hoje ainda privado da noite.

Onde o camelo decifra os mistérios do Budismo e guarda a grimaça da China.

Onde o cervo é puro susto, florescente como pedra larga.

Onde as vestes das pessoas são de gala.

E os alemães são a saúde em flor.

Onde a mirada negra do cisne, todo ele um inverno, afora o bico — um bosque de outono — é um tanto cautelosa, até mesmo para um cisne.

Onde o pavonaço azul deixa cair em declive a cauda, que se parece com a Sibéria vista da pedra de Pavdá,[8] quan-

[8] Ponto elevado no centro dos montes Urais, que Khliébnikov visitou em 1905 como membro de uma expedição ornitológica. (N. do T.)

do sobre o ouro da terra e o verde da floresta se lança das nuvens uma rede azul e tudo ganha sombreados vários por causa da irregularidade do terreno.

Onde os macacos esbravejam de vários modos e exibem os extremos dos torsos.

Onde os elefantes, requebrando como requebram as montanhas num terremoto, pedem comida a uma criança, infundindo um sentido antigo à verdade: comiiida! quem dera poder comer!, e se agacham como se pedissem esmola.

Onde os ursos trepam lépidos para o alto e olham para baixo à espera das ordens do guarda.

Onde os morcegos pendem como o coração de um russo contemporâneo.

Onde o peito de um falcão lembra bandos de cirros antes da tempestade.

Onde o faisão dourado arrasta atrás de si o ocaso, com todo o borralho do seu incêndio.

Onde na cara de um tigre, com a sua moldura de barba branca e os seus olhos de ancião muçulmano, louvamos o primeiro maometano e lemos a essência do Islã.

Onde começamos a pensar que as crenças são fluxos vazantes de ondas, cujo encrespar-se são as espécies.

E que a razão de haver na terra tantos animais é que cada um deles sabe ver Deus a seu próprio modo...

... Onde a salva de canhão do meio-dia obriga as águias a olhar para o céu, à espera da tempestade.

Onde as águias caem de altos poleiros, como ídolos, num terremoto, de templos e telhados...

Onde patos da mesma estirpe levantam um grito unânime depois de breve chuva, como se oferecessem uma prece em ação de graças ao deus — terá ele patas e bico? — dos patos.

Onde as galinhas-d'angola cinza-prateadas parecem carpideiras.

Onde no urso malásio me recuso a reconhecer um companhortista[9] e descortino um mongol escondido.

Onde os lobos demonstram prontidão e fidelidade.

Onde, ao entrar na sufocante morada dos papagaios, sou cumulado por uma unânime algazarra de saudações: "idiuot-ta!".

Onde a morsa gorda e brilhosa abana, como lânguida beldade, a sua negra perna escorregadia e lequeforme e depois pula na água, mas, quando resvala de novo rampa acima, no seu corpo oleoso e pesado desponta a cabeça de cerdas hirsutas e fronte lisa de Nietzsche.

Onde as queixadas da sublime lhama branca de olhos negros e do búfalo de cornos chatos se movem regularmente para a direita e para a esquerda, como a vida de um país com representação popular e governo responsável perante o seu povo — o desejado paraíso de tanta gente!

Onde o rinoceronte carrega nos olhos alvirrubros a fúria inextinguível de um tsar deposto e, entre todos os animais, é o único a não disfarçar o seu desprezo pelas pessoas, como por uma rebelião de escravos. E nele se embrenha um Ivan, o Terrível.

Onde as gaivotas, bicos longos e frios olhos azuis como que cingidos por óculos, fazem ar de empresários internacionais, e disso temos confirmação na arte com que elas rapinam a comida lançada às focas.

Onde, lembrando que os russos honravam os seus hábeis chefes militares com o título de falcão e lembrando que o olho de um cossaco e o desse pássaro são uma só e mesma coisa, começamos a conhecer quem eram os mestres dos russos no ofício da guerra.

[9] Neologismo de Khliébnikov. No original: *sossieveriánin*, fusão de duas palavras: *sossiêd* (vizinho) e *sieveriánin* (nortista). (N. do T.)

Onde os elefantes se esqueceram dos seus gritos de trombeta e emitem um grito como que de lamento pela sua aflição. Será que, vendo-nos por demais insignificantes, eles começam a achar que é de bom-tom emitir sons insignificantes? Não sei.

Onde perecem nos animais certas possibilidades maravilhosas, como o *Canto das hostes de Igor* inscrito num *Livro de horas*.[10]

Sadók Sudiêi, nº 1[11]
1909

[10] Supõe-se que o *Canto das hostes de Igor*, obra-prima da Idade Média russa, tenha sido descoberto numa compilação de manuscritos pertencentes a um monastério. Os monges medievais costumavam copiar obras literárias entre as páginas das suas crônicas. Assim como os *Livros de horas* são adornados por iluminuras, o *Canto* é ilustrado por figuras de animais fantásticos. (N. do T.)

[11] A publicação dos trezentos exemplares do almanaque *Sadók Sudiêi* (*Armadilha para Juízes* ou *Viveiro de Juízes*), em abril de 1910, selou o surgimento do grupo dos futuristas ou cubofuturistas russos, que Velimir Khliébnikov rebatizou com o neologismo *budietliáne* (de *búdiet*, futuro do verbo "ser"). Além de Khliébnikov, entre os seus editores-redatores figuravam nomes como David e Nikolai Burliúk, Vassíli Kamiênski e Elena Guró. (N. do T.)

CARTA DE INTRODUÇÃO

Escrita para todos, todos, todos.
Assunto da carta: as coisas refazem o homem.

Tivesse eu um segundo traje, jamais teria conhecido a desgraça.

Chegar em casa, vestir roupa nova, aprumar-se — basta isso para transformar a si mesmo.

As mulheres se valem disso várias vezes ao dia. Seja o que for que os senhores digam a uma mulher, tentem obter dela uma resposta rápida; caso contrário, ela irá tomar um banho quente, trocar de vestido, e será preciso dizer tudo de novo.

Depois que trocam de roupa, elas se esquecem até dos próprios gestos.

Recomendo muitíssimo aos senhores que tentem obter da mulher uma resposta imediata.

Do contrário, não raro terão de se deparar, aturdidos, com uma palavra nova e inesperada.

Quase não há sintaxe na vida de uma mulher.

Já o homem, é o seu ofício que o transforma.

Um instrumento não é um mero prolongamento do braço do homem, mas ele mesmo, o instrumento, prolonga-se no homem.

Dizem que um cego localiza o sentido do tato na ponta do seu bastão.

Não tenho apego específico aos meus sapatos, mas ainda assim eles são um prolongamento de mim, uma parte de mim.

Uma simples bengala já transformava um colegial e lhe foi proibida.[12]

Por mais autêntico que seja um macaco no galho, o próprio galho exerce influência sobre a psicologia.

Também a psicologia da vaca a patinhar no gelo se tornou proverbial.

A máquina[13] transforma o homem mais do que qualquer outra coisa.

Lev Tolstói conta em *Guerra e paz* como Túchin, artilheiro tímido e desimportante, descobre durante o combate que participa de um mundo novo, criado pela sua artilharia.

"Em face do rumor terrível, do barulho, da urgência de atenção e ação, Túchin não experimentava a mais leve sensação desagradável de medo... Ao contrário, ficava cada vez mais alegre, mais alegre...

"Por causa dos sons ensurdecedores dos seus canhões, de todos os lados, dos silvos e impactos dos obuses inimigos, por causa da visão de soldados suando, afogueando-se em polvorosa ao redor dos canhões, por causa da visão do sangue de gentes e cavalos, por causa da visão das nuvenzinhas de fumaça do inimigo que subiam do lado de lá (depois disso sempre vinha voando uma bala de canhão, que alvejava a terra, um homem, a artilharia ou um cavalo), por causa da visão de todas essas coisas instaurou-se na sua cabeça um mundo fantástico, que lhe fazia a delícia desse minuto... Ele se ima-

[12] Possível referência à extinção oficial do castigo físico nas escolas após a Revolução de Outubro. (N. do T.)

[13] Em russo, a palavra "máquina" (*machina*) pode ter sentido técnico-mecânico ("automóvel", "máquina de costura") como também sentidos políticos, econômicos ou filosóficos ("máquina estatal", "máquina mercante", "máquina do mundo"). Chklóvski usa intermitentemente "máquina" e "automóvel" (*avtomobil*), o que sugere que essa ambiguidade lhe interessa. (N. do T.)

ginava um homem de enorme estatura, poderoso, lançando, com ambas as mãos, balas de canhão contra os franceses."[14]

Um metralhador e um contrabaixista são um prolongamento dos seus instrumentos.

A estrada de ferro subterrânea, os guindastes e os automóveis são próteses da humanidade.

Aconteceu-me de ter de viver alguns anos em meio a motoristas.

Os motoristas se transformam segundo a potência dos motores com os quais se deslocam.

Um motor de mais de quarenta cavalos-vapor de potência já aniquila a velha moral.

A velocidade segrega o motorista da humanidade.

É ligar o motor, dar a partida — e você já saiu do espaço, enquanto o tempo parece medido apenas pelo velocímetro.

Numa rodovia, um automóvel é capaz de desenvolver mais de cem quilômetros por hora.

Mas para que tanta velocidade?

Só precisam dela o fugitivo ou o perseguidor.

O motor arrasta o homem para o que, com razão, se chama crime.

Por sorte, o motorista russo é, em geral, bom trabalhador.

Ele roda por estradas ondulantes e conserta o carro na estepe, onde o frio e a gasolina congelam as mãos. Mas, por outro lado, o motorista não é um trabalhador; no seu carro, ele é um solitário.

O carro embebeda-o, a velocidade embebeda-o, arrebata-o da vida.

Não nos esqueçamos dos méritos do automóvel antes da revolução.

[14] Lev Tolstói, *Guerra e paz*, t. I, cap. 2, tradução nossa. (N. do T.)

Não foi num instante que o regimento da Volínia[15] decidiu sair da caserna.

Os regimentos russos costumavam se rebelar parados.

Os dezembristas[16] foram derrotados sem sair do lugar.

As tropas da Volínia abandonaram a caserna, mas estavam indecisas. Outras vinham ao seu encontro.

Os regimentos se juntavam e paravam.

Mas já apedrejavam as portas das garagens, e os operários, a bordo das máquinas buzinantes que haviam tomado, voavam para a cidade.

Vocês fizeram jorrar como espuma a revolução sobre a cidade, ó automóveis.

A revolução engatou a marcha e pé na tábua.

Vergavam-se as molas, vergavam-se as asas dos carros, os carros desvairavam pela cidade, e onde havia dois deles parecia haver oito.

Eu amo os automóveis.

Então o país inteiro se abalou. A revolução atravessou o período espumante e seguiu a pé para o *front*...

Uma arma faz o homem mais corajoso.

Um cavalo o converte em cavaleiro.

As coisas fazem do homem o que ele faz delas.

A velocidade exige uma meta.

[15] O sucesso da Revolução Russa de fevereiro de 1917 dependia da adesão da guarnição de Petrogrado (São Petersburgo). Após os primeiros dias de levante, o regimento de Pávlovsk juntou-se aos rebeldes em 28 de fevereiro; os regimentos da Volínia e da Lituânia aliaram-se logo no dia seguinte. (N. do T.)

[16] A Revolta Dezembrista aconteceu em dezembro de 1825, na Praça do Senado de São Petersburgo, quando oficiais russos chefiaram cerca de 3 mil soldados num protesto contra a coroação do tsar Nicolau I, após o seu irmão Constantino abdicar do trono. Nicolau I abortou o levante e mandou executar ou prender a maioria dos seus cabeças. (N. do T.)

As coisas crescem ao nosso redor — agora há dez ou cem vezes mais coisas do que havia duzentos anos atrás.

A humanidade as domina, um indivíduo isolado, não.

É necessária uma apropriação individual do mistério das máquinas, é necessário um novo romantismo a fim de que, nas curvas, elas não joguem as pessoas para fora da vida.

Agora estou sem norte, porque esse asfalto friccionado pelos pneus dos automóveis, esses anúncios luminosos e essas mulheres bem-vestidas — tudo isso me transforma. Aqui não sou como era, e acho que aqui não sou bom.

PRIMEIRA CARTA

Escrita por uma mulher à sua irmã, de Berlim para Moscou. A sua irmã é muito bonita, tem olhos radiantes. Esta carta é um preâmbulo. Ouçam que serena voz feminina.

Eu me dei bem no novo apartamento. Desconfio de que a proprietária seja uma ex-boa-vida, já que o seu caráter não é mau nem implicante. Nas redondezas, só se fala alemão; venha você de onde vier, para chegar aqui terá de passar por baixo de doze pontes de ferro. É o tipo de lugar ao qual só se vai em caso de extrema necessidade. Os meus conhecidos da Unter den Linden não darão nem uma passadinha!

São sempre os mesmos a me vigiar, não arredam do posto. Aquele, o terceiro, colou de vez em mim. Considero-o como a minha mais ilustre condecoração, embora a sua paixonite me seja bem conhecida. Todo dia ele me escreve uma ou duas cartas, ele mesmo as traz, senta-se docilmente ao meu lado e espera até que eu acabe de lê-las.

O primeiro ainda manda flores, mas vem entristecendo. O segundo, a quem você imprudentemente me confiou, insiste no fato de que ama. Em troca, exige que eu recorra a ele com todos os meus aborrecimentos. Que finório.

A taxa dos automóveis se multiplica agora por cinco mil.

Ainda que a existência aqui seja tranquila, sinto saudade de Londres. Saudade da solidão, da vida comedida, do trabalho desde a manhã até a noite, da banheira e das danças com rapazes bem-apessoados. Aqui me desacostumei dessas coisas. E há desgraça demais em volta para poder esquecê-las, nem que seja por um instante.

Escreva logo sobre tudo o que tem feito. Beijos para minha querida, a minha mais linda, obrigada mais uma vez pelo amor e pelo carinho.

Ália
3 de fevereiro de 1923

SEGUNDA CARTA

Sobre o amor, o ciúme, o telefone e as fases do amor. Ela termina com uma observação relativa à andadura dos russos.

Querida Ália!

Já faz dois dias que não te vejo.

Eu telefono. O telefone chia, acho que pisei em alguém.

Consigo linha — você está sempre ocupada, dia e noite.

Escrevo outra vez. Eu te amo demais.

Você é a cidade onde moro, você é o nome do mês e do dia.

Flutuo, cheio de sal e pejado de lágrimas, quase sem tirar a cabeça da água.

Parece que logo vou me afogar, mas mesmo debaixo d'água, lá onde o telefone não toca e aonde os rumores não chegam, onde não se pode encontrar você, vou continuar te amando.

Eu te amo, Ália, mas você me obriga a me pendurar no estribo da sua vida.

As minhas mãos estão congelando.

Não sinto ciúme das pessoas, sinto ciúme do seu tempo.

Não aguento ficar sem te ver. Então o que é que eu faço, se não se pode substituir o amor por coisa nenhuma?

Você não sabe o peso das coisas. Todas as pessoas são iguais diante de você como diante de Deus. Pois então o que é que eu faço?

Eu te amo demais.

No começo, algo me fazia pender para você como no trem o sono faz pender a cabeça de um passageiro sobre o ombro do vizinho.

Depois já não pude tirar os olhos de você.

Conheço a sua boca, os seus lábios.

Enovelei toda a minha vida em torno do pensar em você. Creio que você não é uma estranha — então, olhe na minha direção.

Eu te assustei com o meu amor; quando, no começo, eu ainda era alegre, você gostava mais de mim. Isso vem da Rússia, querida. Temos andadura pesada. Mas na Rússia eu era forte, e aqui dei para chorar.

4 de fevereiro

TERCEIRA CARTA

A segunda de Ália. Nela, Ália me pede
que eu não lhe escreva sobre o amor.
Uma carta cansada.

Querido, amado. Não me escreva sobre o amor. Não é preciso. Estou muito cansada. Como você mesmo disse, estou com a cerviz troncha. O cotidiano nos aparta. Não te amo nem te amarei. Tenho medo do seu amor, um dia você há de me injuriar pelo fato de agora me amar assim. Não chore com tanto alarde, você continua sendo o meu querido. Não me assuste! Você me conhece tão bem e, no entanto, faz de tudo para me assustar, me repelir. Talvez o seu amor seja grande, mas é infeliz.

Eu preciso de você, você me faz emergir de mim mesma.

Não me escreva só sobre o seu amor. Não me faça cenas bárbaras ao telefone. Não se enfureça. Você consegue envenenar os meus dias. Preciso de liberdade, e que ninguém se atreva nem mesmo a me fazer uma pergunta sobre o que quer que seja. E você exige de mim todo o meu tempo. Seja leve — senão, em matéria de amor, vai cair do cavalo. A cada dia que passa você fica mais triste. Você precisa de um sanatório, meu querido.

Escrevo na cama, porque ontem saí para dançar. Agora vou tomar banho. Talvez nos vejamos hoje.

5 de fevereiro
Ália

QUARTA CARTA

Sobre o frio, a traição de Pedro, sobre Velimir Khliébnikov[17] *e o seu falecimento. Sobre a inscrição na sua cruz. Aqui também se discorre: sobre o amor de Khliébnikov, sobre a crueldade dos que não amam, sobre pregos, sobre o cálice e sobre toda a cultura humana construída rumo ao amor.*

Não vou escrever sobre o amor, só vou escrever sobre o clima.

Hoje faz bom tempo em Berlim.

Céu azul e sol acima das casas. O sol olha diretamente para a pensão Marzahn, para o quarto de Aikhenvald.[18]

[17] Viktor (Velimir) Vladímirovitch Khliébnikov (1885-1922), poeta que, depois de flertar com o simbolismo e o acmeísmo, despontou como um dos fundadores do futurismo e do cubofuturismo russos, até forjar a sua estética própria, uma revolução na poesia russa. Filho de um famoso ornitologista, estudou física, matemática e ciências naturais, além de letras (sânscrito e línguas eslavas). O linguista Roman Jakobson considerava-o o poeta mais original do século XX. A partir de 1910, passou a dedicar-se totalmente à literatura, o que não o impediu de participar da campanha do Exército Vermelho na Pérsia (1921) e de empregar-se como vigia noturno no Cáucaso. Não tinha nenhum tino para as coisas práticas. Pouco publicou em vida e morreu na miséria. A sua obra completa, em cinco volumes, começou a ser publicada somente a partir de 1928. (N. do T.)

[18] Iúli Issáievitch Aikhenvald (1872-1928), crítico literário de origem judaica, ligado à filosofia de Schopenhauer. Inimigo pessoal de Trótski e adepto de uma concepção mística e impressionista da literatura, que sublinhava o papel sacerdotal do escritor, opôs-se aos critérios sociológicos e políticos aplicados pela *intelligentsia* à arte da sua época. Como tantos outros intelectuais dissidentes, foi expulso da Rússia em 1922 e passou a viver em Berlim, tornando-se vizinho de Chklóvski. Editou diversas publi-

Moro do outro lado do prédio.

A rua está agradável e fresca.

Quase não nevou em Berlim este ano.

Hoje é cinco de fevereiro... Ainda não sobre o amor.

Estou vestindo um casaco de outono, mas, se começasse a gelar, seria preciso chamá-lo de casaco de inverno.

Não gosto de quando gela, nem mesmo de quando faz frio.

Foi por causa do frio que o apóstolo Pedro negou Cristo. A noite estava fresca, e ele se achegava à fogueira, mas em torno da fogueira estava a opinião pública, os servos indagavam Pedro a respeito de Cristo, e Pedro negava.

O galo cantava.

O frio da Palestina não é tão intenso. Lá, decerto, é até mais quente do que em Berlim.

Tivesse sido quente aquela noite, Pedro ficaria na escuridão, o galo cantaria à toa, como todos os galos, e no Evangelho não haveria ironia.

Ainda bem que Cristo não foi crucificado na Rússia: o nosso clima é continental, um frio gélido com tempestades de neve; os discípulos de Jesus chegariam a uma encruzilhada junto das fogueiras e fariam fila para negar.

Perdoe-me, Velimir Khliébnikov, pelo fato de eu me aquecer ao pé do fogo de editoras estrangeiras. Pelo fato de eu publicar o meu livro e não o seu. O nosso clima, mestre, é continental.

As raposas têm as suas tocas, a um preso dão um leito, a faca pernoita na bainha, e você não teve nem onde recostar a cabeça.

cações de emigrados políticos no estrangeiro e escreveu, entre outras obras, *Siluety russkikh pissatelei* (*Perfis de escritores russos*, 1909), que polemizou por julgar Ivan Turguêniev um escritor de segunda categoria. Aikhenvald morreu em Berlim, vítima de um acidente de bonde. (N. do T.)

Na utopia que você escreveu para a revista *Vziál*,[19] há, entre outras coisas, uma fantasia — todo homem tem direito a um quarto, seja lá em que cidade estiver.

É verdade que a utopia diz que o homem deve ter um quarto de vidro, mas acho que Velimir se contentaria até com um quarto simples.

Khliébnikov morreu, e um seboso qualquer de língua murcha mencionou nas *Notas literárias* algo sobre "um fracassado".[20]

O pintor Mitúritch[21] escreveu na cruz do seu túmulo, no cemitério:

"Velimir Khliébnikov — Presidente do Globo Terrestre."

Eis que acharam enfim um alojamento para o peregrino, não de vidro, é verdade.

Duvido, Velimir, que você quisesse ressuscitar para voltar à errância.

Numa outra cruz estava escrito:

"Jesus Cristo, Rei dos Judeus."

[19] *Vziál* (em russo, passado perfeito de *vziát*, "pegar"). *Vziál: barabán futurístov* (*Vziál: o tambor dos futuristas*, Petrogrado, 1915) era um almanaque de artigos e poemas dos futuristas, entre os quais Vladímir Maiakóvski e o próprio Chklóvski. A utopia de Khliébnikov está descrita no seu artigo "Priedlojênia" ("Proposições"). (N. do T.)

[20] Referência ao crítico literário Arkádi Gueórguievitch Gornfeld (1867-1941), cujo foco de pesquisa estava na natureza do processo criativo, abordagem que Chklóvski desprezava. (N. do T.)

[21] Piotr Vassílievitch Mitúritch (1887-1956), artista plástico que amparou Khliébnikov durante o seu último ano de vida e casou-se com a irmã do poeta. No início de 1914, Khliébnikov tentou fundar uma sociedade internacional que seria uma espécie de governo mundial. Chamada de "Sociedade de 317", acabou como "Sociedade dos Presidentes do Globo Terrestre". (N. do T.)

Foi-lhe difícil vaguear pelas estepes, ora servindo como soldado, ora vigiando depósitos à noite, ora, semiprisioneiro, participando em Khárkov de uma ruidosa apresentação dos imagistas.[22]

Perdoe-nos, por você e pelos outros.

Pelo fato de nos aquecermos ao pé de fogueiras estrangeiras.

Antes se pensava que Khliébnikov não tinha consciência de como vivia — as mangas da sua camisa rasgadas até os ombros, o estrado da cama desprovido de colchão, os manuscritos, com os quais estofava a fronha, perdidos. Mas, à beira da morte, Khliébnikov ainda se lembrava dos seus manuscritos.

Morreu horrivelmente. De septicemia.

Rodearam-lhe a cama de flores.

Perto não havia médico, apenas uma médica, mas ele não deixou que a mulher se aproximasse.

Eu me lembro dos velhos tempos.

Isso se passou em Kuokkala,[23] já no outono, quando as noites são escuras.

Durante o inverno, eu me encontrava com Khliébnikov na casa de um arquiteto.

Casa abastada, mobília de bétula da Carélia,[24] proprie-

[22] De 1919 a 1920, Khliébnikov viveu em Khárkov, onde foi preso várias vezes, tanto pelo Exército Vermelho quanto pelo Exército Branco. Nesse período, aliou-se aos poetas do imagismo russo, movimento cuja estética se baseava na combinação de imagens dissonantes e num arrojado jogo metafórico. (N. do T.)

[23] Colônia de artistas pré-revolucionários situada perto do golfo da Finlândia, hoje parte da Rússia (São Petersburgo). A partir de 1948, passou a se chamar "Riépino", por ter sido um dos seus mais famosos habitantes o pintor Iliá Iefímovitch Riépin (1844-1930). (N. do T.)

[24] Região da Europa entre a Rússia e a Finlândia. (N. do T.)

tário branco, de barba preta e inteligente. Ele tinha filhas. Khliébnikov frequentava esse lugar. O proprietário lia os seus versos e os compreendia. Khliébnikov parecia um pássaro doente, amuado porque olhavam para ele.

Como um tal pássaro, ele se sentava, as asas caídas, vestindo uma velha sobrecasaca, e olhava para a filha do proprietário.

Ele lhe trazia flores e lia para ela as suas coisas.

Renegava todas elas, exceto "O deus das virgens".[25]

Perguntava a ela como escrever.

Isso foi em Kuokkala, no outono.

Khliébnikov morava perto de Kulbin e de Ivan Puni.[26]

Cheguei lá, encontrei Khliébnikov e lhe contei que a moça se casara com um arquiteto, assistente do pai.

Foi uma coisa tão simples.

Muitos caem nesse tipo de desgraça. A vida está bem arrumada como uma *nécessaire*, mas nenhum de nós consegue encontrar lugar nela. A vida nos ajusta uns aos outros e ri quando nos deixamos atrair por alguém que não nos ama. Tudo isso é tão simples quanto selos postais.

As ondas do golfo eram simples também.

Elas são assim até hoje. As ondas eram como ferro galvanizado, corrugado. Lava-se roupa em ferro desse tipo. As nuvens eram de lã. Khliébnikov me disse:

[25] "O deus das virgens" ("Diévii bog"): drama escrito em 1909 e publicado no almanaque futurista *Poschôtchina obschêstviennomu vkússu* (*Uma bofetada no gosto do público*, Moscou, 1912). (N. do T.)

[26] Nikolai Ivânovitch Kulbin (1868-1917) foi um médico excêntrico que ajudou a impulsionar as novas tendências da arte russa em Petersburgo. Escrevia artigos, patrocinava exposições e subvencionava artistas pobres, entre os quais o próprio Chklóvski. Ivan Albértovitch Puni (Jean Pougny, 1894-1956), de ascendência italiana, foi um artista plástico suprematista e cubofuturista, ligado a Kazimir Maliévitch e a Marc Chagall. (N. do T.)

— O senhor sabe que abriu uma ferida em mim?

Eu sabia.

— Diga-me, do que elas precisam? Do que as mulheres precisam em nós? O que elas querem? Eu faria de tudo. Eu passaria a escrever de outro modo. Será que é preciso ter fama?

O mar era simples. As pessoas dormiam nas *datchas*.

O que responder a essa Oração do Cálice?[27]

Bebam, amigos, bebam, grandes e pequenos, o cálice amargo do amor! Aqui ninguém precisa de nada. Entrada, só com senha. E ser cruel é fácil, basta não amar. O amor também não entende aramaico nem russo. Ele é como os pregos que perfuram mãos.

Os chifres do cervo lhe valem para a luta, o rouxinol não canta à toa, mas os nossos livros não nos serão úteis. Mágoa incurável.

E para nós restam as paredes amarelas das casas iluminadas pelo sol, os nossos livros e toda a cultura humana que construímos rumo ao amor.

E o preceito é ser leve.

E se doer demais?

Transponha tudo para a escala cósmica, agarre o coração com os dentes, escreva um livro.

Mas onde está aquela que me ama?

Eu a vejo em sonho, e a pego pelas mãos, e a chamo Liússia,[28] o capitão de olhos azuis da minha vida, e desfaleço aos seus pés, e caio para fora do sonho.

[27] Oração do Cálice (ou Agonia no Jardim): a agonia de Jesus no Horto das Oliveiras. (N. do T.)

[28] Vassilissa Gueórguievna Kordi, primeira mulher de Chklóvski. (N. do T.)

QUINTA CARTA,

que contém a descrição de Aleksei Mikháilovitch Riémizov e do seu sistema de transportar água em garrafas até o quarto andar. Aqui também se descrevem o cotidiano e os costumes da Grande Ordem dos Macacos. Ainda inseri algumas observações teóricas sobre o papel do elemento pessoal enquanto material artístico.[29]

Você sabe que Assyka, o tsar dos macacos — Aleksei Riémizov — encontra-se de novo em apuros: está sendo despejado do seu apartamento.

Não deixam o homem viver em paz, como ele quer.

No inverno de 1919, Riémizov morava em Petersburgo, e o encanamento da sua casa simplesmente pifou.

Qualquer um nessa situação ficaria sem saber o que fazer. Mas Riémizov recolheu garrafas de todos os seus conhecidos, garrafinhas de farmácia, garrafas de vinho e tantas outras, as que encontrasse pela frente. Ele as alinhava como uma tropa no tapete do quarto, depois pegava duas delas e corria escada abaixo em busca de água. Com um sistema desses, é preciso carregar água uma semana inteira para um só dia.

[29] Aleksei Mikháilovitch Riémizov (1877-1957) foi um influente escritor que tentou expurgar da linguagem literária russa os estrangeirismos e restaurar o vigor do vernáculo. No fim de 1921, emigrou da Rússia e permaneceu em Berlim até 1923, quando se mudou para Paris, onde morreu. Riémizov fundou a sua sociedade simiesca como sátira às organizações e aos comitês oficiais que pulularam depois da Revolução de Outubro. Aos membros associados eram conferidos diplomas-pergaminhos em grande estilo e *design*, assinados por Assyka, o tsar dos macacos. (N. do T.)

Muito incômodo, mas — divertido!

A vida de Riémizov — ele a construiu com o próprio rabo — é muito incômoda, mas divertida.

Ele é baixinho, cabeleira espessa, toda ela um grande topete ouriçado à escovinha. Anda curvado, e os seus lábios são vermelhos, vermelhos. Nariz arrebitado, e tudo — de propósito.

O seu passaporte é todo rabiscado com sinais simiescos. Ainda antes que pifasse o seu encanamento, Riémizov se afastou das pessoas — ele já sabia de antemão que tipo de pássaros elas eram — e se juntou ao grande povo dos macacos.

Riémizov criou a Ordem dos Macacos nos moldes da maçonaria russa. Dela fazia parte Blok, agora Kuzmin entra como músico da Grande e Livre Câmara dos Macacos, enquanto Grjêbin é o padrinho dos macacos e assume nessa ordem o grau e o título de príncipe interino, isso para tempos de fome e guerra.[30]

Também fui aceito nessa conspiração de macacos, e atribuí a mim mesmo o grau de "macaquinho rabicurto". O rabo, eu mesmo o rapei antes de ir para o Exército Vermelho

[30] Aleksandr Aleksândrovitch Blok (1880-1921) um dos maiores poetas do simbolismo russo. A partir da insurreição de 1905, sua obra assumiu forte tendência social, cujo exemplo maior é o polêmico poema "Os doze" (1918). Mikhail Alekséievitch Kuzmin (1875-1936), pianista de sucesso, aluno de Nikolai Rimsky-Korsakov e compositor de operetas, trilhas de balés e peças de teatro. Além da sua vasta lavra, Kuzmin notabilizou-se também com *Asas* (ed. bras.: São Paulo, Carambaia, 2023, tradução de Francisco de Araújo), romance que tematizava ousadamente a homossexualidade. Zinôvi Issáievitch Grjêbin (1869-1929), artista-editor das revistas *Párus* (*Velame*) e *Chipôvnik* (*Rosa Silvestre*) e dono de uma editora ligada ao projeto de Maksim Górki de publicar em russo todos os clássicos da literatura mundial. Grjêbin emigrou no fim de 1920, passou alguns meses em Estocolmo e instalou-se então em Berlim, onde fundou uma editora de obras de emigrantes e refugiados. (N. do T.)

em Kherson.[31] Como você é uma estrangeira interina e as suas malas não sabem que a proprietária delas foi amamentada por uma siberiana, a rubicunda Stiêcha, é preciso lhe dizer ainda que o povo dos macacos tem um verdadeiro tsar. Benemérito.

Riémizov tem uma mulher, muito russa, muito ruça, robusta, Serafima Pávlovna Riémizova-Dovguello; em Berlim ela é como um homem negro na Moscou dos tempos de Aleksei Mikháilovitch, o tsar,[32] de tão branca e tão russa que ela é.

O próprio Riémizov é também Aleksei Mikháilovitch. Uma vez ele me disse:

— Já não aguento começar assim um romance: "Ivan Ivânovitch estava sentado à mesa".

Como eu a respeito, revelo-lhe aqui um segredo.

Do mesmo modo que a vaca devora o pasto, também os temas literários se devoram, os procedimentos[33] amadurecem e viram pó.

[31] Na primavera de 1919, Chklóvski viajou de Petrogrado a Kherson, cidade portuária ao sul da Ucrânia, para encontrar a sua mulher. Lá eles foram presos quando o general Piotr Nikoláievitch Wrangel (1878-1928), líder do Exército Branco durante a Guerra Civil Russa, promoveu uma ofensiva no verão do mesmo ano. Chklóvski juntou-se ao Exército Vermelho, que logo veio a rechaçar o exército de Wrangel. (N. do T.)

[32] O tsar Aleksei Mikháilovitch Románov foi o pai de Pedro, o Grande, que teve por pupilo favorito Abraão (ou Ibraim) Aníbal, tema de *O negro de Pedro, o Grande* (1827), novela inacabada de Aleksandr Púchkin. Púchkin narra a história de Abraão, seu bisavô materno, abissínio que fora enviado a Pedro como presente pelo embaixador russo em Constantinopla. (N. do T.)

[33] Em russo, *priiôm*, termo caro a Chklóvski, autor de "A arte como procedimento" ("Iskússtvo kak priiôm", 1917), ensaio fundamental do formalismo russo. *Priiôm* também significa "recepção", "método", "técnica". (N. do T.)

Um escritor não pode ser um lavrador: ele é um nômade e, com o seu rebanho e a sua mulher, passa para um novo pasto. O nosso grande exército dos macacos vive sobre os telhados como o gato de Kipling: "por si só".[34]

Vocês usam roupas, e para vocês um dia segue o outro; no assassinato e no amor, vocês são tradicionais. O exército dos macacos não pernoita onde almoçou nem toma o chá da manhã onde dormiu. Morada certa, nunca.

O negócio deles é criar coisas novas. Riémizov quer agora conceber um livro sem enredo, que não tome o destino do homem como base da composição. Ele ora escreve um livro em pedaços — *A Rússia em caracteres antigos* —, com recortes de livros, ora um livro baseado nas cartas de Rôzanov.[35]

Não se pode escrever um livro como antigamente. Biéli sabe disso, sabia-o muito bem Rôzanov, sabe-o Górki quan-

[34] Alusão a "The Cat that Walked by Himself" ("O gato que andava por si só", *Just So Stories*, 1902), conto de Rudyard Kipling (1865-1936) que narra o modo pelo qual um casal das priscas eras domestica os animais selvagens da cercania, seduzindo-os à base de comida e conforto. Apenas o gato, "que anda por si só", recusa os subornos, não vende a sua liberdade e ainda assim conquista privilégios. (N. do T.)

[35] *Rossía v pismienákh* (*A Rússia em caracteres antigos*, Berlim, 1922). O livro baseado nas cartas de Vassili Vassílievitch Rôzanov (1856-1919) é *Kukkha: Rôzanovy písma* (*Kukkha: cartas de Rôzanov*, Berlim, 1923). Rôzanov, amigo íntimo de Riémizov, também desempenhou papel seminal na prosa russa. Pouco conhecido na União Soviética e no Ocidente atual, foi um intelectual controverso. Klaus von Beyme, professor alemão de ciência política, considerava-o o "Raspútin da *intelligentsia* russa", inclusive por conta da obsessão fálica presente nos escritos de Rôzanov, muitos deles só fragmentos, que digladiavam tanto com tsaristas quanto com revolucionários, entre os quais Lênin. Além da *persona* impactante de Rôzanov, o seu projeto de incorporar o coloquialismo à escrita literária exerceu forte influência sobre Chklóvski. Na língua dos macacos, Riémizov definia a palavra "Kukkha" como "umidade". (N. do T.)

do não pensa em sínteses, e eu, macaquinho rabicurto, também o sei.[36]

Introduzimos no nosso trabalho o íntimo, identificado com nome e sobrenome por causa dessa mesma exigência de material novo para a arte. Solomon Kaplun no novo conto de Riémizov, Maria Fiódorovna Andrêieva no pranto dele por Blok — são exigências da forma literária.[37]

O exército dos macacos cumpre a sua função. Com um salto de cavalo de xadrez, atravessei a sua vida de viés, você tem consciência de que foi assim e que assim é; mas, Álik,[38] você entrará no meu livro como Isaac na fogueira armada por Abraão. E você sabe, Álik, que o "a" redundante do nome de Abraão foi dado por Deus ao patriarca em sinal de grande amor? Até para Deus um som redundante pareceu ser um bom presente.

Você sabia disso, hein, Álik?

[36] As "sínteses" correspondem provavelmente ao sonho não realizado de Górki de gerar uma reconciliação entre a emigração e a Rússia soviética por meio da sua revista *Bessiêda* (*Colóquio*), que pretendia ser também uma ponte entre ideias ocidentais e russas. (N. do T.)

[37] O menchevique Solomon Guítmanovitch Kaplun (cujo pseudônimo era S. Súmski, 1891-1940) viveu em Berlim de 1922 a 1925. Era proprietário da editora Epokha, que publicava a revista *Bessiêda*, de Górki. Maria Fiódorovna Andrêieva (1872-1953) era a companheira de Górki. Kaplun é personagem de uma narrativa de Riémizov, e Andrêieva aparece em sua elegia a Aleksandr Blok, "K zviózdam" ("Às estrelas"). Esses textos foram republicados no livro *Vzíkhriennaia Rus* (*A Rússia em turbilhão*, Paris, 1927), de Riémizov. Chklóvski endossa aqui a ideia futurista de que a forma determina o conteúdo. Logo, Kaplun e Andrêieva emergem literariamente como resultado de sua escolha pela forma aberta, que incorpora minúcias pessoais consideradas em geral pouco dignas de "literatura". (N. do T.)

[38] Diminutivo de Ália. (N. do T.)

De resto, você não será a vítima, eu é que serei a vítima vicária, um carneirinho que enroscou os chifres no arbusto.

O quarto de Riémizov é cheio de bonequinhas e diabinhos, e Riémizov ali no meio sussurra a todos "silêncio — a proprietária", e ergue um dedo. Ele não tem medo da proprietária — ele está só de brincadeira.

Para os macacos livres, é penoso caminhar pelas calçadas, vida alheia. As mulheres humanas são incompreensíveis. O cotidiano humano é terrível, obtuso, estagnado, inflexível.

Transformamos o cotidiano em anedotas.

Entre nós e o mundo construímos pequenos mundinhos-zoológicos próprios.

Queremos liberdade.

Riémizov vive a vida com métodos artísticos.

Chega de escrever, preciso correr à confeitaria para buscar um bolo. Agora estou à espera de alguém, depois tenho de levar o bolo, depois fazer uma visita, depois arrumar dinheiro, vender um livro, conversar com jovens escritores. Não faz mal, na economia dos macacos tudo há de servir. A Torre de Babel é mais inteligível para nós do que o parlamento, temos onde tomar nota das ofensas, rosas e polvorosas andam conosco em par, porque fazem rima.[39]

Não troco o meu ofício de escritor, o meu livre caminho de telhado em telhado, por um traje europeu, por botas escovadas, por altas divisas, nem mesmo por Ália.

[39] No original, "rózy" (rosas) e "morózy" (geadas): rima pobre, ironizada metalinguisticamente por Púchkin no seu romance em versos *Ievguêni Oniéguin*, cap. 4, estrofe XLII. Para manter o jogo, intraduzível ao pé da letra, recorreu-se a um paliativo. (N. do T.)

SEXTA CARTA

Sobre a tristeza e a prisão do nosso antepassado.
A carta termina com uma proposta tardia
de começar a publicar um jornal para ele.

Os animais nas jaulas do Zoo não aparentam estar assim tão infelizes.

Eles até parem filhotes.

Os leõezinhos foram criados por cadelas-amas de leite, e os leõezinhos não sabiam da sua nobre procedência.

As hienas revoluteiam dia e noite dentro das jaulas.

Todas as quatro patas da hiena ficam bem perto da sua pélvis.

Os leões adultos enlanguescem.

Os tigres vão e vêm ao longo das barras da jaula.

Os elefantes frufrulham com o seu couro.

As lhamas são muito bonitas. Elas têm roupa quente, lanosa, cabeça leve. Parecem você.

No inverno, tudo fechado.

Do ponto de vista dos animais, isso não faz muita diferença.

Resta o aquário.

Na água azul, iluminada pela eletricidade e semelhante a uma limonada, nadam os peixes. Mas, atrás de alguns vidros, é um completo terror. Eis uma arvorezinha que remexe mansamente os seus galhos brancos. Para que instaurar no mundo uma tal melancolia? O macaco antropoide não foi vendido, e o alojaram no andar de cima do aquário. Você está tão ocupada, mas tão ocupada, que agora tenho tempo de sobra. Frequento o aquário.

Não preciso dele. O Zoo já me seria o bastante para os paralelismos.

O macaco, Ália, é aproximadamente da minha altura, mas tem ombros mais largos, uma corcunda e braços longos. Nem parece que vive numa jaula.

Apesar da pelagem e do nariz como que fraturado, ele me causa a impressão de ser um prisioneiro.

E a jaula não é uma jaula — é uma prisão.

A jaula é dupla, e, entre as grades, não me lembro: passa ou não passa uma sentinela? O macaco (é macho) padece de tédio o dia inteiro. Às três lhe dão de comer. Ele come no prato. Às vezes, depois disso, ele se ocupa da enfadonha mania dos macacos. Isso é ofensivo e vergonhoso. Você o trata como ser humano, mas ele é um sem-vergonha.

O resto do tempo, o macaco trepa nas grades da jaula, olhando de esguelha para o público. Eu me pergunto: temos o direito de encarcerar esse nosso parente distante assim, sem julgamento? E onde é que está o seu cônsul?

Sem ter o que fazer, o macaco decerto padece de tédio. As pessoas lhe parecem espíritos do mal. E o dia inteiro padece de tédio este pobre estrangeiro num zoo interior.

Para ele, não se publicam nem jornais.

P. S.: O macaco morreu.

SÉTIMA CARTA,

e um agradecimento pelas flores, enviadas com a carta. Esta é a terceira carta de Ália.

E eu lhe escrevo uma carta. Querido tartarozinho. Grata pelas flores.

O quarto todo exala e trescala, nem fui dormir, de tanta pena que tive de me afastar delas.

Neste quarto absurdo, com colunas, armas e uma coruja, eu me sinto em casa.

Pertencem-me o seu calor, o seu cheiro e o seu silêncio.

Levo-os comigo como o meu reflexo no espelho; você sai — e eles somem; você volta, olha de relance — ei-los aqui de novo.

E você não acredita que só por sua causa eles vivam no espelho.

O que eu mais quero agora é que chegue o verão, que tudo o que foi — não tenha sido.

Que eu seja jovem e forte.

Da mistura de crocodilo e criança restaria então só a criança, e eu seria feliz.

Eu não sou uma mulher fatal, sou Ália, rosada e fofa.

Eis tudo.

Um beijo, estou dormindo.

Ália

OITAVA CARTA

Sobre os três afazeres de que fui encarregado, sobre a pergunta "você ama?", sobre o meu cabo da guarda, sobre como foi feito o Dom Quixote;[40] *em seguida a carta passa a tratar de um grande escritor russo e termina com uma reflexão sobre o prazo do meu serviço.*

Você me deu dois afazeres:

1) não telefonar para você, 2) não me encontrar com você.

E agora sou um homem ocupado.

Há ainda uma terceira tarefa: não pensar em você. Mas disso você não me incumbiu.

Você mesma às vezes me pergunta: "Você ama?".

Então sei que passam em revista as sentinelas. Respondo com o zelo de um soldado do corpo de engenharia que conhece mal o regulamento da guarnição:

"Posto número três, não estou bem certo do número, localização do posto — perto do telefone e nas ruas que vão desde a Gedächtniskirche até as pontes da Yorckstrasse, não mais longe.[41] Obrigações: amar, não se encontrar, não escrever cartas. E lembrar como foi feito o *Dom Quixote*."

[40] Chklóvski escreveu um artigo de fôlego intitulado "Como foi feito o *Dom Quixote*" ("Kak sdiélan *Don-Kikhót*"), publicado na revista *A Vida da Arte* (*Jizn Iskússtva*, 1921) e republicado nos seus livros *O desenvolvimento do tema* (*Razviórtyvanie siujéta*, 1921) e *Sobre a teoria da prosa* (*O teorii prozy*, 1925). (N. do T.)

[41] A igreja luterana Kaiser-Wilhelm-Gedächtniskirche situa-se na Breitscheidplatz, atual distrito de Charlottenburg-Wilmersdorf em Berlim,

O *Dom Quixote* foi feito na prisão por engano. O herói parodístico foi usado por Cervantes não só para a realização de façanhas caricaturescas, mas também para o pronunciamento de sábios discursos. Você mesma sabe, senhora cabo, que é preciso mandar as cartas que escrevemos para algum lugar. Dom Quixote recebeu a sabedoria de presente, a ninguém mais no romance coube ser sábio; da combinação de sabedoria e loucura nasceu o tipo Dom Quixote.

Eu poderia contar muito mais coisas, mas vejo umas costas meio curvadas e as pontas de uma pequena peliça de zibelina. Você a veste agasalhando a garganta.

Não posso ir embora, abandonar o posto.

O cabo da guarda debanda rápida e rasteira, parando aqui e ali numa loja ou noutra.

Olha através da vitrine os sapatos de bico fino, as luvas longas para senhoras, as camisas de seda preta com debruns brancos, como as crianças olham através da vitrine da loja uma grande e linda boneca.

É assim que eu olho para Ália.

O sol está cada vez mais alto, como em Cervantes: "ele derreteria os miolos do pobre fidalgo, se este os tivesse".[42]

O sol paira sobre a minha cabeça.

Mas não tenho medo, sei como fazer o *Dom Quixote*.

Ele foi feito com brio.

Rirá, afinal, quem for mais forte.

O livro rirá.

Pois bem, enquanto guardo o meu posto ao lado do telefone e ponho a mão nele como um gato põe a pata no leite quente demais, vou inserir no meu *Dom Quixote* mais um

e ainda conserva na arquitetura as cicatrizes da guerra. Yorckstrasse é um ponto ilustre das vias férreas berlinenses. (N. do T.)

[42] Citação livre do cap. II, vol. I, de *O engenhoso fidalgo D. Quixote de La Mancha* (1605), de Miguel de Cervantes. (N. do T.)

sábio discurso. Caminha por Berlim um grande homem. Conheço-o, algumas vezes até cheguei a trocar por engano o meu cachecol com o dele.

Quando fala, ele muda de repente a sua voz mansa num uivo de xamã.

Certa vez trouxeram um xamã ao Museu de História de Moscou. O xamã, tendo atrás de si séculos de cultura xamanística, não se acanhou. Pegou um pandeiro e começou a fazer xamanismos diante dos professores, viu espíritos e entrou em transe.

E depois foi fazer xamanismos na Sibéria, já não na presença de professores.

Dentro do homem de quem falo, o êxtase mora como num apartamento, não como numa *datcha*. E a um canto do quarto repousa, entrouxado numa mala de couro, um turbilhão.

O seu nome é Andrei Biéli.

Na vida mundana — Boris Nikoláievitch Bugáiev.[43]

Filho de professor.

Wells[44] sempre descreve a vida dando a ver como as coisas controlam o homem.

[43] Andrei Biéli (Boris Nikoláievitch Bugáiev, 1880-1934) foi poeta, romancista e crítico literário de vasta obra, e um dos mentores do simbolismo e do formalismo russos. É autor, por exemplo, do famoso romance *Petersburgo* (1913). Instalou-se em Berlim no outono de 1921 e ali ficou até outubro de 1923. Embora prestes a se mudar para Praga instado pela poeta Marina Tsvetáieva, Biéli, intempestivamente, voltou à Rússia. (N. do T.)

[44] H. G. Wells (1866-1946), renomado autor de ficções especulativas que vão muito além da categoria de ficção científica. Fez duas viagens à Rússia e foi grande simpatizante do socialismo, mas logo se desiludiu. Sua obra exerceu grande influência sobre escritores como Mikhail Bulgákov, Ievguêni Zamiátin e todo o grupo Irmãos Serapião. (N. do T.)

As coisas, sobretudo a máquina, transfiguraram o homem.

Agora o homem sabe apenas colocá-las em funcionamento, e elas então seguem adiante sozinhas. Seguem, seguem e esmagam o homem.

Na ciência, a situação é bem séria.

A necessidade da razão e a necessidade da natureza divergiram.

Havia o alto e o baixo, havia o tempo, havia a matéria.

Agora não há nada. No mundo reina o método.

O homem inventou o método.

Método.

O método saiu de casa e passou a ter vida própria.

O "manjar dos deuses" foi encontrado, mas nós não comemos dele.

As coisas, e as mais complexas de todas as coisas — as ciências —, caminham pela terra.

Como obrigá-las a trabalhar para nós?

E precisamos disso?

Melhor construirmos coisas inúteis e imensas, mas novas.

Na arte, o método também caminha à parte.

O homem que escreve algo grandioso é como o motorista cujo carro de trezentos cavalos-vapor de potência o atira contra um muro como que por conta própria. Sobre carros assim, os motoristas dizem: "Ele acabará com você".

Muitas vezes eu olhava para Andrei Biéli — Boris Bugáiev — e o achava um tanto tímido, alguém que concorda de bom grado com tudo.

Em torno da tez escura, os cabelos semigrisalhos parecem grisalhos. O corpo, decerto, é forte. Veja como os braços enchem as mangas.

Os olhos, talhados angulosamente.

O método de Andrei Biéli é muito poderoso, incompreensível para ele mesmo.

Andrei Biéli começou a escrever, creio eu, de brincadeira.

A "Sinfonia" era uma brincadeira.[45]

Palavras eram colocadas lado a lado, mas não era segundo a praxe que o artista as via. Passou a brincadeira, surgiu o método.

Por fim, ele até achou um nome para a argumentação.

O nome: antroposofia.[46]

A antroposofia é uma coisa pequena criada para juntar as pontas.

No tempo de Catarina, a Catedral de Isaac[47] já estava em construção, mas só adicionaram os arcos no tempo de Paulo, com tijolos, sem considerar as proporções.

Só para ninguém se preocupar.

E saber que a catedral foi concluída.

Agora há muitos aficionados em curvar as linhas paralelas e juntar as pontas.

Antroposofia é uma palavra um tanto inadequada para os dias de hoje.

[45] Entre 1902 e 1908, Biéli escreveu quatro "Sinfonias". Chklóvski refere-se provavelmente à segunda dessas peças. (N. do T.)

[46] Escola filosófica fundada pelo austríaco Rudolph Steiner (1861-1925). Biéli viveu de 1914 a 1916 numa comunidade antroposófica em Dornach, Suíça. A antroposofia almejava conciliar as diferenças entre a ciência e o misticismo, partindo do pressuposto de que os mundos espirituais ideais são acessíveis apenas àqueles que se despojam do viés materialista e desenvolvem capacidades cognitivas independentes dos sentidos e do intelecto. (N. do T.)

[47] Construção iniciada em 1706 por ordem do tsar Pedro, o Grande (devoto de Santo Isaac), mas que sofreria uma série de acertos e desacertos arquitetônicos. De tsar em tsar, de arquiteto em arquiteto, a catedral só foi inaugurada em 1858, sob o reinado de Alexandre II. Desde então, é um dos principais cartões-postais de São Petersburgo, além de ter sobrevivido às duas grandes guerras mundiais. Paulo I era filho de Catarina II, a Grande, com quem tinha uma relação extremamente conflituosa. (N. do T.)

Agora as linhas de força não se cruzam em nós.

A construção de um novo mundo é hoje para nós muito mais um espetáculo do que obra nossa.

Na estrutura em degraus das *Notas de um excêntrico*, onde a razão do poeta-prosador perambula e procura, mas não vê, como também no *Kôtik Lietáiev*, livro malsucedido, mas muito significativo, Andrei Biéli cria vários planos.[48] Um é sólido, quase real, os outros caminham sobre ele e são como sombras suas, sendo que há muitos pontos de luz, mas parece que esses muitos planos é que são reais, ao passo que o primeiro é fortuito. Não há realidade da alma nem naquele nem nos demais, há um método, um meio de dispor as coisas em fileiras.

Eis o sábio discurso do qual eu me ocupo no posto. Estou de pé, enfastio-me como um jovem soldado, conto os passantes. Consolo-me com palavras carinhosas:

— Tenha paciência, pense em outra coisa, em outras pessoas importantes e infelizes. Não há injúria no amor. E amanhã, talvez, o cabo virá de novo.

Mas e o prazo da minha guarda?

Prazo não há — o serviço me caiu como uma luva.

[48] *Notas de um excêntrico* (*Zapíski tchudaká*, Berlim, 1922). "Estrutura escalonada" ou "em degraus" (*stupiêntchatii*) é um termo cunhado por Viktor Chklóvski para designar obras literárias que se desdobram ou que se expandem de modo linear. Narrativa plena de traços autobiográficos, *Kôtik Lietáiev* (Berlim, 1922) — cuja complexa poética lembra James Joyce — é considerada por D. S. Mirsky a obra mais original de Andrei Biéli. Ela trata da infância de Kôtik, desde a sua fase pré-natal até o desabrochar da consciência de si e do mundo pelo olhar de um menino moscovita. (N. do T.)

NONA CARTA

Sobre uma inundação em Berlim; na verdade, toda a carta desenvolve a realização de uma metáfora; nela o autor tenta ser leve e alegre, mas tenho certeza de que na próxima carta ele já não se aguentará.

Que vento, Álik! Que vento!

Em Píter,[49] com um vento desses, a água sobe, Álik.

Em dias assim, os carrilhões da fortaleza de Pedro e Paulo tocam a cada quarto de hora, mas ninguém os ouve.

Contam-se os disparos de canhão.

Os canhões disparam. Um. Um, dois. Um, dois, três...

Onze vezes.

A inundação.

O vento quente que irrompe em Píter carreia a água ao longo do Nievá.[50]

Eu estou feliz. E a água vem subindo. E o vento na rua, Álik, o meu vento, o da primavera, o nosso, o de Píter!

A água, subindo.

Ela inundou Berlim inteira, e o trem *Untergrund*[51] veio à tona no túnel como uma enguia morta, de ventre para cima.

Ela fez jorrar para fora do aquário todos os peixes e crocodilos.

Os crocodilos flutuam, ainda dormem, apenas se lamentam do frio, e a água sobe a escada.

[49] Diminutivo do nome da cidade de São Petersburgo. (N. do T.)

[50] Famoso rio do noroeste da Rússia, que vai do lago Ládoga ao golfo da Finlândia, atravessando São Petersburgo. (N. do T.)

[51] *Untergrund*: trem subterrâneo, metrô. (N. do T.)

Onze pés. Ela está no seu quarto. A água entra de mansinho no quarto de Ália: na escada a água não tem por onde se espraiar. Mas no quarto a água é recebida pelas chinelas de Ália. A seguir, uma peça.

As chinelas — Por que é que a senhora veio? Álik está dormindo! (*Elas também te amam.*)

A água (*em surdina*) — Onze pés, senhoras chinelas! Toda Berlim boiando de barriga para cima, só se veem cédulas de mil marcos nas ondas. Nós somos a realização de uma metáfora. Digam a Ália que ela se encontra de novo numa ilha e que a sua casa está opilada pela OPOIAZ.[52]

As chinelas — Não me venha com gracinhas! Ália está dormindo. Estúpida água montante! Ália está cansada. Ália não precisa de flores, e sim do aroma das flores. Quanto ao amor, Ália só precisa do aroma do amor e de ternura. Não se pode sobrecarregar os ombros de Ália com mais nada.

A água — Ó, minhas senhoras chinelas de Ália! Onze pés. A água sobe. Os canhões disparam. O vento quente irrompe e não nos deixa chegar ao mar. O vento quente do verdadeiro amor. Onze pés. O vento é tão forte que as árvores jazem por terra.

As chinelas — Ó, água em moinho alheio.[53] Não é bom no amor usar do direito do mais forte!

[52] Sigla de Ôbschestvo po Izutchêniiu Poetítcheskovo Iaziká (Sociedade para o Estudo da Linguagem Poética): associação de críticos, teóricos e historiadores de literatura, além de linguistas e poetas, todos ligados ao futurismo, criada em 1914 por Chklóvski, entre outros, a fim de perscrutar a expressão literária do ponto de vista do estilo e da estrutura. A frase "opilada pela OPOIAZ" ("opoiássan Opoiázom") deveria ser traduzida por "cercada pela OPOIAZ", mas, para sugerir a paronomásia presente em russo, empregou-se o verbo "opilar" ("bloquear") em vez de "cercar". (N. do T.)

[53] Alusão ao provérbio "levar água a moinho alheio". (N. do T.)

A água — Nem do direito de um amor forte?

As chinelas — Nem do direito de um amor forte. Sim. Não a atormente com a sua força. Ela não precisa nem mesmo da vida. Ela, a minha Álik, ama a dança porque a dança é a sombra do amor. Ame Ália, e não o seu próprio amor.

E a água reflui, arrastando pesadamente pelo chão uma pasta de revisões tipográficas. Quando a água se vai, uma chinela diz à outra:

— Já estou pelas tampas com esses literatos!

As chinelas não são maldosas, mas formam um par, e duas mulheres paradas uma ao lado da outra durante tanto tempo não resistem a um mexerico.

Esta carta, eu a escrevi e reescrevi. Agora, em sua homenagem, vou reescrever tudo de novo.

Foi assim que Deus registrou com um arco-íris sua homenagem ao "Dilúvio Universal".

DÉCIMA CARTA

Sobre uma mulher que escolhe um vestido e sobre coisas que possuem mãos. Aqui também se noticia um mal-entendido relativo a casacas. Mas o conteúdo principal desta carta é a narrativa de como certa vez apareceu uma kiêrenka *no chapéu de Piotr Bogatyrióv, de como ele soube não chorar em Moscou e de como desatou a chorar num restaurante de Praga.*[54]

Pois bem, escrevo sobre uma cultura estrangeira e sobre uma mulher estrangeira.

A mulher, talvez, não seja tão estrangeira assim.

Não estou me queixando de você, Ália. Mas é que você é muito mulher.

Você diz: "Quando se deseja durante muito tempo um vestido, nem vale a pena comprá-lo — é como se você já tivesse usado e abusado dele até o último trapo".

Numa loja, sem dúvida, a mulher flerta com as coisas, ela gosta de tudo.

É a psicologia europeia.

Evidentemente, é a própria coisa que tem culpa se não sabe se fazer amada.

[54] Piotr Grigórievitch Bogatyrióv (1893-1971) retornou à Tchecoslováquia (atual República Tcheca) após uma estada em Berlim e lá permaneceu — aparentemente em missão do governo soviético — até 1940, quando voltou à União Soviética, onde se tornou um especialista em folclore eslavo. *Kiêrenka* era o nome popular de uma cédula de dinheiro emitida durante o Governo Provisório Russo de Aleksandr Fiódorovitch Kiêrenski (1881-1970), figura política decisiva na derrubada do regime tsarista. (N. do T.)

Sobretudo coisas que possuem mãos.

Mas cada soldado carrega na mochila a própria derrota.

No campo de batalha, morto, ele não faz mais do que reconhecer o seu destino.

Não sabemos ser leves.

A mulher do famoso cirurgião Ivan Griêkov ficou ofendida porque eu e Micha Slonímski[55] chegamos a uma recepção oferecida na sua casa vestindo jaquetas e botas de feltro. Os outros convidados vestiam casacas.

Era fácil adivinhar o motivo da nossa indelicadeza: os outros vestiam casacas velhas: uma casaca demora a envelhecer e pode sobreviver a uma revolução. Já nós, nunca usamos casacas. No começo usávamos casacos colegiais e universitários e depois passamos a usar capotes militares e jaquetas recortadas desses capotes. Não conhecíamos outro modo de vida que não o da guerra e da revolução. Ele pode nos ofender, mas não conseguiremos escapar dele.

A psicologia das lojas nos é alheia, acostumamo-nos a ter pouca coisa; o supérfluo, ou o doamos ou o vendemos. As nossas mulheres calçavam sacos, e seus pés aumentavam um número.

A Europa nos aniquila, nela nos exasperamos e levamos tudo a sério. Você conhece o louro Piotr Bogatyriòv. Ele tem olhos azuis, baixinho, calças curtas; as calças são particularmente curtas em pessoas de pernas curtas. Os cadarços dos sapatos de Bogatyriòv não estão amarrados.

[55] Ivan Ivânovitch Griêkov (1867-1934) foi um eminente professor de medicina, cuja mulher presidia um dos mais finos salões da Petrogrado do período pós-revolucionário. Mikhail (Micha) Leonídovitch Slonímski (1897-1972), romancista, foi um dos expoentes do grupo vanguardista Irmãos Serapião, o que não o impediu de se tornar mais tarde um escritor afeito ao regime e administrador da conservadora União dos Escritores Soviéticos. (N. do T.)

Ele avança pelas ruas ora devagar, na ponta dos pés, ora às carreiras, de banda, como um coelho — e não fala, mas berra.

Esse excêntrico nasceu na família de um contramestre da aldeia de Pokróvski, no Volga. Por saber declamar bem, conseguiu ingressar no colégio. Concluiu o curso. Foi fazer filologia na universidade, onde se dedicou à teoria das anedotas.

Bogatyrióv escreve muito e depois perde os manuscritos.

Na Moscou esfaimada, Bogatyrióv não sabia que vivia mal. Vivia, escrevia, fazia biscates literários como todo mundo, mas sem má-fé.

Uma noite, Bogatyrióv ia do teatro para casa por entre os montões de neve de Moscou; cansou-se, tirou o chapéu, está enxugando a testa.

E de repente no chapéu aparece uma *kiêrenka*.

Olhou em volta e viu um general que se afastava.

Correu atrás dele.

— Camarada, não preciso.

— Ora, o senhor não se acanhe, aceite.

Bogatyrióv não aceitou, mas também não se ofendeu.

Ninguém nos pode ofender, porque nós trabalhamos.

Ninguém nos pode tornar ridículos, porque nós trabalhamos.

Ninguém nos pode tornar ridículos, porque nós conhecemos o nosso valor.

Mas o nosso amor, o amor de homens que nunca usaram casacas, mulher nenhuma que não tenha carregado conosco o peso da nossa vida será capaz de compreender.

Bogatyrióv dava palestras em institutos, colecionava folclore revolucionário, era amigo de Roman Jakobson.[56]

[56] Roman Jakobson (1896-1972) — "o poeta da linguística", como o chamava Haroldo de Campos — foi um dos maiores linguistas e críticos

Quando Roman partiu para Praga, mandou chamar Bogatyrióv.

Chega Bogatyrióv, calças curtas, cadarços desamarrados, na mala apenas manuscritos e papéis rotos, e tudo tão baralhado que era impossível dizer onde estavam as notas de pesquisa e onde as calças.

Bogatyrióv comprava açúcar, guardava-o nos bolsos e comia-o — numa palavra, tentava manter o modo de vida russo.

Mas Roman, com os seus pés estreitos, a sua cabeça ruiva de olhos azuis, amava a Europa.

Ele se parece de fato com um irmão seu, Ália.

Roman levou Bogatyrióv a um restaurante: lá estava Piotr, sentado em meio a paredes sem um arranhão, comida variada, vinhos, mulheres. Desatou a chorar.

Ele não aguentou. Esse modo de vida nos descongela.

Não precisamos disso. Por outro lado, tudo é útil à criação de paralelismos.

Piotr escreveu um livro — *O teatro tcheco de marionetes e o teatro popular russo* —,[57] em seguida viajou a Berlim, e eu publiquei esse livro, porque você é tão ocupada que eu tenho tempo de sobra. E também porque sei trabalhar.

literários do século XX. Partindo do Círculo Linguístico de Moscou e da Sociedade para o Estudo da Linguagem Poética (OPOIAZ), Jakobson, sempre ligado aos formalistas russos, soube mover-se entre múltiplas florações intelectuais e artísticas do Ocidente e do Oriente. No Brasil, ministrou uma série de conferências em 1968, reunidas no livro *Linguística, poética, cinema* (São Paulo, Perspectiva, 1970), e interessou-se pela poesia de língua portuguesa, chegando a associar a poética de Fernando Pessoa à de Velimir Khliébnikov. Jakobson emigrou para Praga em 1920, onde participou do Círculo Linguístico de Praga. (N. do T.)

[57] *Tchéchskii kúkolnii teatr i rússkii naródnii teatr*, Berlim, 1922. (N. do T.)

Bogatyrióv mandou costurar para si três ternos, mas anda com um quarto — decerto nacional, moscovita.

Agora ele aguenta até mesmo o Prager Diele.[58]

Não foi por sentimentalismo — ele desatou a chorar, isso sim, como chora a vidraça de um quarto que passou longo tempo sem ser aquecido.

[58] Café de Praga, bar-restaurante berlinense frequentado por artistas e intelectuais russos, uma espécie de cenáculo eslavo na Alemanha dos anos 1920. (N. do T.)

DÉCIMA PRIMEIRA CARTA

Redigida, é claro, em resposta a um comentário — feito, provavelmente, por telefone, já que o dossiê não conserva dele nenhum vestígio escrito —, relativo ao modo de se portar à mesa, e ainda contém a negação do uso obrigatório de calças com vinco. A carta está recheada de paralelismos bíblicos.

Eu lhe juro — as calças não devem ter vincos.

Usam-se calças para não se ter frio.

Pergunte aos Serapião.[59]

Talvez não seja de bom-tom, de fato, curvar-se sobre a comida.

Você diz que não sabemos comer.

Curvamo-nos demais sobre o prato, em vez de levar a comida à boca.

Ora, então continuaremos a nos surpreender uns aos outros.

Muita coisa me surpreende neste país, onde as calças devem ter um vinco frontal; os pobres deixam as suas calças debaixo do colchão durante a noite.

Esse método é conhecido na literatura russa; empregam-no — em Kuprin — os mendigos profissionais de origem nobre.[60]

[59] Irmãos Serapião foi um grupo de jovens escritores formado em fevereiro de 1921, sob a égide de Górki, Chklóvski e Zamiátin, com o intuito de aprender o ofício da literatura. As geniais prosa e poesia do grupo contribuíram para o renascimento das letras russas após a linha dura que se instaurou na Rússia com a Revolução de Outubro. (N. do T.)

[60] Aleksandr Ivânovitch Kuprin (1870-1938), contista russo. Come-

O modo de vida daqui me irrita!

Foi assim que Lióvin se irritou (*Anna Kariênina*) quando viu que na sua casa preparavam geleia não conforme o método dos Lióvin, e sim conforme o método da família de Kitty.[61]

Ao reunir um destacamento de guerrilheiros com o objetivo de atacar os filisteus, o juiz Gedeão, antes de tudo, mandou para casa todos os homens de família.

Depois, o Anjo do Senhor deu ordem de conduzir os demais combatentes para a beira do rio e recrutar para a guerra somente aqueles que bebessem água da concha da mão, e não aqueles que se curvassem sobre ela e a sorvessem como fazem os cães.[62]

Será que somos maus combatentes?

çou a carreira no grupo Znânie (Conhecimento), de Górki, especializando-se em criar enredos sempre impactantes. Kuprin vivia em Gátchina, ao sul da então Petrogrado, quando aquela que era uma das cidadelas de Stálin foi ocupada pelo Exército Branco, em maio de 1919. Em outubro, as forças vermelhas retomaram o território, os brancos insurretos debandaram, e Kuprin com eles. Após passar alguns meses na Finlândia, mudou-se para Paris, onde residiu até voltar à União Soviética em 1937. (N. do T.)

[61] Alusão a um trecho (parte 6, cap. II) de *Anna Kariênina* (1875-1877), romance de Lev Tolstói. A receita de geleia de framboesa da família Lióvin leva água, enquanto a dos Scherbátski, família de Kitty, não. A singela questão culinária encobre, porém, um subtexto importante: a conversa da "sociedade feminina" reunida pela preparação do doce, de início inofensiva, acaba trazendo à baila o tema tabu das antigas relações de Kitty com Vrônski, o amante fatal de Anna Kariênina. Quando chega Lióvin, marido de Kitty, as mulheres de súbito se calam. Resta a Lióvin, "irritado", partilhar mentalmente o mau humor de Agáfia Mikháilovna, a governanta dos Lióvin, que ali está a cozinhar, contra a vontade, seguindo uma receita alheia. (N. do T.)

[62] Bíblia, Livro dos Juízes 7, 4-8: Gedeão reuniu 32 mil homens para guerrear contra os madianitas e tomar-lhes o acampamento de Madiã, mas acabou reduzindo-os a apenas trezentos. (N. do T.)

Parece, porém, que quando tudo aqui ruir, e ruirá logo, nós é que partiremos de dois em dois, fuzis nos ombros, cartuchos de balas nos bolsos das calças (sem vincos); partiremos, atirando contra a cavalaria por trás das cercas, de volta à Rússia.

Mas é melhor não se curvar sobre os pratos.

O juízo do juiz Gedeão é terrível! O que será de nós se ele não nos admitir no seu exército?

É curioso como a Bíblia se repete.

Certa vez, os judeus arrasaram os filisteus. Estes fugiram, fugiram de dois em dois, cruzando o rio para se salvar.

Os judeus posicionaram patrulhas perto do vau.

Era difícil naqueles tempos distinguir filisteus de judeus: uns e outros, provavelmente, andavam nus.

A patrulha interpelava os que passavam correndo: "Diga a palavra *shibboleth*".[63]

Como os filisteus não conseguiam pronunciar o "sh", diziam "*sibboleth*".

Então os matavam.

Uma vez conheci na Ucrânia um menino judeu. Ele não podia ver milho que já tremia inteiro.

Contou-me:

Quando matavam na Ucrânia, era frequentemente necessário verificar se a vítima era mesmo um judeu.

Pediam-lhe: "Diga *kukuruza*".[64]

O judeu às vezes dizia: "*Kukuruja*".

Matavam-no.

[63] Bíblia, Livro dos Juízes 12:1-6: o clã de Galaad, chefiado por Jefté, derrotou o clã de Efraim instalando homens nos vaus do rio Jordão e aplicando aos fugitivos a armadilha fonética "sh"/"s", que matou, segundo a Bíblia, 42 mil efraimistas. *Shibboleth* (em português, "xibolete", ou seja, "senha") significa originalmente "espiga". (N. do T.)

[64] Em russo, "milho". (N. do T.)

DÉCIMA SEGUNDA CARTA,

escrita entre seis e dez horas da manhã.
A abundância de tempo fez com que a carta ficasse longa.
Ela tem três partes. A única coisa importante aqui
é a menção de que as mulheres de um antro noturno
de Berlim sabem segurar um garfo.

Seis horas da manhã.

Através da janela, na Kaiserallee, ainda tudo escuro.

Eu tenho permissão de lhe telefonar às dez e meia.

Quatro horas e meia, depois mais vinte horas vazias, e entre elas a sua voz.

O meu quarto se tornou odioso para mim. Já não me apraz a minha escrivaninha, na qual escrevo cartas só para você.

Eis-me aqui sentado, apaixonado como um telegrafista.

Bom mesmo seria arranjar um violão e cantar.

> Fala comigo ao menos tu,
> Amigo de sete cordas,
> Tudo em minh'alma é tão azul,
> E tanto luar lá fora.[65]

Tenho de escrever um biscate. Um filme publicitário para motocicletas.

Você, motocicletas, automóveis, os pensamentos se confundem na minha cabeça.

Vou escrever uma carta. O filme que espere.

[65] Versos de um famoso poema de Apollon Grigóriev (1822-1864). (N. do T.)

Escrevo-lhe todas as noites, depois rasgo as cartas e jogo-as no cesto de lixo. As cartas ressuscitam, cicatrizam, e eu as escrevo de novo.

Você recebe tudo o que escrevo.

Na sua cestinha de brinquedos quebrados, o primeiro deles é aquele que, despedindo-se, lhe deu flores vermelhas de presente. Você lhe telefonou e agradeceu; e aquele que lhe deu de presente um amuleto de âmbar, e aquele de quem você aceitou alegremente uma pequena bolsa feminina tecida com arame de aço.

Os seus hábitos não variam: um encontro jovial, flores, o amor de um homem, amor que sempre chega atrasado, como a sucção de gás fresco para dentro do cilindro de um automóvel.

O homem começa a amar um dia depois de dizer "amo".

Portanto, não convém pronunciar essa palavra.

O amor não para de crescer, o homem pega fogo, e você já se desencantou.

Em linguagem automobilística, isso se chama avanço de ignição.

Só eu, rasgado como uma carta, me esgueiro para fora da sua cestinha de brinquedos quebrados. Hei de sobreviver a mais uma dezena das suas veleidades, de dia você me rasga e de noite ressuscito, como as cartas.

Ainda nem amanheceu e já monto guarda.

A janela que dá para a rua está aberta.

Os automóveis também acordaram ou ainda não foram dormir.

"Alh, Alh, Elh" — gritam eles: querem pronunciar o seu nome.

Estou sentado no quarto da minha doença, penso em você, nos automóveis. Assim é mais engraçado.

Você girou a minha vida como um parafuso sem fim gira uma engrenagem.

Mas a engrenagem não pode girar o volante. Em linguagem técnica, isso se chama: transmissão irreversível. Irreversível é o meu destino.

Só o tempo me pertence, como diz uma canção libertina de Odessa inventada por Lívchits:[66] posso dividir a espera em horas, em minutos, posso contá-los. Espero, espero. É pena não ter um violão.

Então eu devo esperar o quê? Esperarei o sol. O sol se levantará lá pelas oito horas. Iluminará a Kaiserallee, e a rua ficará parecida com a avenida Kamiennoostróvski.

Na Kamiennoostróvski, em Petersburgo, ficava o colégio no qual me formei.

Não sei bem ao certo, não importa, mas parece que foi em 1913.[67] Éramos os formandos do colégio. Estávamos loucos para terminar os estudos e sair rodando pela rua, dando cambalhotas como um aro de madeira.

O ar estava inflado de desejos: eles flutuavam sobre a Kamiennoostróvski[68] feito plumas, asas. As nuvens eram de pluma.

[66] Benedikt Konstantínovitch Lívchits (1887-1938) nasceu em Odessa e foi um poeta e tradutor futurista. As suas memórias, *Polutoraglázii strieliéts* (ed. bras.: *O arqueiro de olho-e-meio*, São Paulo, Carambaia, 2021, tradução de Bruno Barretto Gomide), publicadas em 1933, estão entre os melhores escritos sobre o futurismo russo. Em 1937, foi preso durante o Grande Expurgo e executado no ano seguinte como "inimigo do povo". (N. do T.)

[67] Na verdade, 1911. (N. do T.)

[68] No seu livro *Marca egípcia* (*Eguipêtskaia marka*, 1928), Óssip Emílievitch Mandelstam (1891-1938) define assim a avenida Kamiennoostróvski: "é uma das ruas mais levianas e irresponsáveis de São Petersburgo. Nem à direita nem à esquerda, não bobeie: ali é um absurdo, um fim de mundo sem bondes. Na Kamiennoostróvski, os bondes rodam numa velocidade inaudita. A Kamiennoostróvski é um bonitão frívolo, que acabou de engomar as suas duas únicas camisas, e o vento do mar zoa na sua

Queríamos agarrar a vida o mais rápido possível. Mas não conhecíamos as palavras, pensávamos que se podia pegar uma mulher como quem pega uma coisa, pela alça.

Com mãos quentes ou frias, nos aferrávamos à vida.

Queríamos conhecer o amor em várias categorias. Nas noites de festa do colégio, cortávamos os fios elétricos, e, se adoecíamos gravemente, metíamos com gosto um tiro nos miolos, como se quiséssemos conhecer mais uma categoria. Essas mortes eram um hábito. Éramos os *morituri*, ou seja, aqueles que devem morrer.[69]

Os *morituri* só queriam experimentar mais uma categoria.

Não, o melhor é ficar no quarto, estar acordado às seis da manhã, às sete ir ao mercado comprar flores. O melhor é viver a vida toda ao som de um violão.

São estranhos os antros de Berlim. Fui parar num *Nachtlokal*.[70]

Uma sala comum, fotografias nas paredes.

Cheirume de cozinha. Um piano soa em surdina. Um violinista arranha um violino estranho, que não tem os tampos da caixa de ressonância. A clientela está tacitamente bêbada. Entra uma mulher nua de meias pretas e começa a dançar, agitando os braços, toda estabanada; em seguida entra outra, sem meias.

Eu não fazia ideia de quem eram as pessoas sentadas ali na sala conosco. O violinista circula entre as mesinhas, passa

cabeça de bonde. É um almofadinha desempregado, levando debaixo do braço as suas casas, como um dândi miserável leva o seu saco de ar à lavanderia". (N. do T.)

[69] Em possível alusão à divisa latina "Morituri te salutamus" ("Nós que estamos para morrer vos saudamos"), cumprimento que os gladiadores romanos prestavam a César. (N. do T.)

[70] Casa noturna, bordel. (N. do T.)

o chapéu. Aproxima-se de um bêbado soturno sentado a um canto. Este lhe diz alguma coisa.

O violinista toma do seu violino sem peito, e fica suspenso no ar, fininho, fininho, o "Deus salve o tsar". Fazia tempo que eu não ouvia esse hino.

A mulher acabou a sua dança, envergou um vestido *prêt-à-porter* assaz elegante e está sentada à mesinha contígua, come alguma coisa.

— Olhe lá, ela sabe até segurar o garfo — disse Bogatyrióv. O saber comer era a questão da vez entre nós.

Vamos para casa. Na antessala, uma mulher ajuda a vestir os casacos. Enquanto lhe entrego o meu número, examino-lhe o rosto. É a mesma que agora há pouco dançava de meias. Tudo aqui é organizado de modo muito portátil e, decerto, em caráter familiar. Libertinagem, seguramente, não há. Existem pessoas com palavras e sem palavras. Pessoas com palavras não vão embora, e, acredite, eu vivi uma vida feliz.

Sem palavras não se consegue tirar nada do fundo.

Amanhece, de nada vale parar de escrever. O tempo me pertence. Lívchits tem razão.

A minha carta insone se desmilinguiu. Juntemos os pedaços, antes de rasgar.

Numa lenda bogomilista, Deus quer tirar areia do fundo do mar.[71]

Mas Deus não quer mergulhar. Manda o diabo no seu lugar e lhe ordena: "Quando for pegar a areia, diga: não sou eu quem pega, é Deus".

[71] O bogomilismo foi uma seita gnóstica cristã que floresceu entre 1000 e 1400 d.C. na região do Império Búlgaro. Os seus adeptos negavam a doutrina da encarnação e a concepção cristã da matéria como veículo da graça. (N. do T.)

O diabo mergulha até o fundo, redemoinha até o fundo, agarra-se à areia e diz: "Não é Deus quem pega, sou eu".

Que diabo mais orgulhoso.

A areia não se entrega. O diabo vem à tona, azul.

Deus manda o diabo de volta à água.

O diabo nada até o fundo, raspa a areia com as suas garras, diz:

"Não é Deus quem pega — sou eu."

A areia não se entrega. O diabo vem à tona, resfolegando. Pela terceira vez Deus o manda de volta à água.

Nos contos folclóricos, tudo acontece três vezes.

O diabo vê que não há saída.

Ele não queria estragar a história. Começou a chorar, talvez, e mergulhou. Nadou até o fundo e disse: "Não sou eu quem pega — é Deus". Pegou a areia e veio à tona. E, com a areia que por ordem de Deus o diabo trouxe do fundo do mar, Deus fez o homem.

Enjoei de escrever. Não preciso de cartas.

Não preciso de violão. E tanto faz se o meu amor se parece ou não se parece com uma transmissão irreversível.

Tanto faz. Eu sei: você nem sequer colocará a minha carta na caixa que fica do lado direito da sua mesa.

DÉCIMA TERCEIRA CARTA

Endereçada à Rússia; nela fica evidente que o autor sofre de uma ideia fixa. A carta fala de como é difícil, mesmo depois da descoberta de Einstein, viver sem ocupar nem tempo nem espaço. Conclui-se a carta manifestando indignação contra o uso incorreto do pronome "nós" em Berlim.

Caros amigos, por que vocês me escrevem tão raramente?

Será que vocês me extirparam do coração?

Salvem-me das pessoas-sombras, das pessoas que se desatrelaram dos varais, da ferrugem, de toda essa vida que só me diz uma coisa:

"Viva, mas não ocupe nem o meu tempo nem o meu espaço."

E diz mais:

"Eis o dia e eis a noite, viva nos intervalos. Só não me venha de manhã nem à noite."

Meus amigos, irmãos! Quão errado é eu estar aqui!

Saiam todos à rua, saiam pela avenida Niévski, peçam, exijam que me seja permitido voltar.

Para evitar estorvos, pode-se percorrer a Niévski de bonde.

Mas vocês, agarrem-se à terra, amigos.

Eu tenho laços com Berlim, mas se me dissessem: "Você pode voltar" — eu, juro pela OPOIAZ,[72] iria para casa, sem

[72] Sociedade para o Estudo da Linguagem Poética, criada em 1914 por Chklóvski e outros. Ver nota 52, p. 82. (N. do T.)

olhar para trás, sem apanhar os manuscritos. Sem um telefonema.

Proibiram-me de telefonar.

O que vocês andam escrevendo agora?

Já consertaram a cratera no calçamento da rua Morskaia, defronte à Casa das Artes?[73]

Melhor cair morto nesse buraco e recauchutar a via dos caminhões russos do que viver à toa.

Há muitos automóveis em Petersburgo?

Como vão as publicações de vocês?

Nós publicamos bastante.

Só que "nós", aqui, é uma palavra engraçada.

Uma mulher me telefonou. Eu estava doente.

Conversamos. Disse-lhe que iria ficar em casa.

Eis que ela me diz, já colocando o telefone no gancho: "Nós hoje vamos ao teatro".

Como eu havia acabado de conversar com ela, não entendi:

"Nós quem? Eu estou doente."

"Não é nada disso! 'Nós' somos eu e mais outra pessoa."

Na Rússia, o "nós" é mais forte.

[73] Instituição aberta por Górki em dezembro de 1919, que visava servir de ponto de encontro e dormitório a jovens literatos e artistas em geral. Chklóvski hospedou-se aí antes de fugir para a Finlândia. A Casa de Artes foi o berço do grupo Irmãos Serapião. (N. do T.)

DÉCIMA QUARTA CARTA

Sobre Ivan Puni e sua mulher, Ksana Boguslávskaia.[74] *Sobre como um artista ama e como é preciso amar o artista, sobre os amigos de Puni e sobre como nascem os livros e os quadros. O conteúdo da carta é didático.*

Mesmo nas cartas, mesmo através da meia-máscara negra de papel que visto em você, mesmo em sonho é difícil ver o seu rosto.

Mulher sem ofício, com o que você ocupa o seu tempo? Por acaso é razoável, Ália, tirar das pessoas o pão e jogá-lo aos cães?

Eles são cães, uns topa-tudo, cães.

Para mim, Berlim está cingida pelo seu nome.

Não chegam notícias do mundo.

Ksana Boguslávskaia-Puni caiu doente com angina diftérica. Pobre menina, pobre artista e mulher de artista! Eu os observava atentamente, a ela e ao seu marido, antes de me encontrar com você.

Conheço Vânia[75] Puni já faz dez anos, desde os tempos da "Bonde V" — título de uma exposição.[76]

[74] Ivan Albértovitch Puni (Jean Pougny, 1894-1956) casou-se em 1913 com Ksênia Leonídovna Boguslávskaia (Ksana para os amigos, 1892-1971), que, além de grande artista plástica, foi cenógrafa, *designer* e poeta. Ambos participaram do "Supremus", grupo regido por Maliévitch. O apartamento-ateliê do casal em Petrogrado era um porto da vanguarda da época. Em 1920, emigraram para Berlim e em 1923, para Paris. (N. do T.)

[75] Vânia: diminutivo de Ivan. (N. do T.)

[76] Realizada em Petrogrado em fevereiro de 1915 e organizada por

Ele nunca enxerga nada ao redor, embora não esteja apaixonado; ao que parece, não ama ninguém e não vai atrás das pessoas, mas sabe recebê-las distraidamente.

Ele possui um único triste amor — os quadros. Assim como eu não soube te amar com alegria, a vida inteira Puni amou a arte sem alegria.

Você nunca será justa comigo, porque não tem nem ofício nem amor, e, se tem senso moral, ele não pode proteger alguém que por si só é tão forte.

Como seria justa uma pessoa que a qualquer momento pode me dizer: "Eu não pedi que você me amasse" — e me pôr de lado?

Não se surpreenda se eu grito até quando você não me machuca.

Com você aprendi o princípio da relatividade. Imagine Gulliver[77] entre os gigantes: segura-o na palma da mão uma giganta — de leve, quase sem segurar, como se tivesse apenas esquecido de soltá-lo, eis que agora vai soltá-lo, e o pobre Gulliver grita em pânico, dá um telefonema — não me largue!

Ivan Puni está apaixonado pelos seus quadros; ele vê com pesar o destino da arte, nada lhe é simples, e não está convicto do amor do dia de amanhã.

Puni, a "Bonde V" foi considerada a primeira exposição futurista. Entre os seus destaques, estavam as obras de Kazimir Maliévitch (1878-1935) e Vladímir Tátlin (1885-1953). (N. do T.)

[77] Alusão ao romance satírico *Viagens de Gulliver* (1726), do escritor irlandês Jonathan Swift (1667-1745). Na primeira parte, Gulliver, após um naufrágio, vai parar no país de Liliput, onde os habitantes são seres humanos minúsculos, diante dos quais ele se torna um gigante. Já na segunda parte, vítima de uma nova peripécia náutica, o narrador chega a Brobdingnag, uma terra de gigantes, onde agora ele próprio é que passa a ser uma espécie de liliputiano. (N. do T.)

Uma noite cheguei à sua casa em companhia de Roman Jakobson, Carl Einstein,[78] Bogatyriόv e mais alguém.

Uma ou duas horas da manhã, não me lembro; Puni ainda trabalhava no seu ateliê. No chão, nas cadeiras, na cama jaziam bisnagas de tinta.

Ele nos recebeu sem alegria, sem espanto, como se nós fôssemos os passageiros e o seu quarto fosse um vagão.

Conversamos sobre muitas coisas, todas sempre amargas.

Comíamos batatas, que apanhávamos direto da brasa. Puni serviu toucinho, preparou as batatas, mas nem nos notou. Fitava um quadro, com pesar e atenção.

E uma vez o vi dar gargalhadas diante de um quadro seu; ele é capaz de rir tanto de um prédio como de uma pilhéria.

Ksana Boguslávskaia é a mulher do artista e também uma artista.

Ela não é má pintora, embora um tanto melosa; antes boa do que má, porque o seu mel é consciente — não são lágrimas, é um procedimento.

E o mais maravilhoso nela é a sua paixão pelos quadros do marido. Tem ciúme de uma variante em relação a outra, preocupa-se com o que virá depois.

Mas, para sobreviver, o artista precisa biscatear.[79] Os biscates causam dores físicas nos ombros. Não se consegue vender os verdadeiros quadros, ou melhor, é preciso aturar

[78] Carl Einstein (1885-1940) foi um importante escritor e crítico literário judeu alemão, polêmico tanto na estética quanto na política, sempre às voltas com o comunismo e o anarquismo. Despontou como um dos primeiros intelectuais a atentar para o cubismo e para a influência que a arte africana exerceria sobre a vanguarda europeia. (N. do T.)

[79] Biscatear: em russo, *khaltúrit*. Daí a palavra *khaltúrschik*, "remendão", "mau trabalhador", "topa-tudo". (N. do T.)

um longuíssimo tempo até que eles sejam reconhecidos. De brincadeira, chamávamos amiúde a casa de Puni de "sagrada família", e às vezes de G.m.b.H.,[80] "casa comercial de responsabilidade limitada". A família, entretanto, é de fato sagrada: se transpusermos tudo da língua berlinense para a língua antiga, teremos a fuga para o Egito, na qual, aliás, Ksana será José, Puni será a mãe e o quadro será a criança.[81]

A vida é difícil para qualquer um que ame uma mulher ou o seu ofício.

Amigos frequentam Puni: o louro alemão Frieg com sua bela mulher, o letão Karl Zalitt, turbulento como um cristão africano do século IV, Arnold Dserkahl, taciturno, cara de sueco, enorme, bem-vestido, forte e incompreensível para mim. Também sempre aparece por lá Rudi Behling, um alemão de tipo francês, escultor, compleição de grilo; os manequins expressionistas das vitrines de Berlim foram confeccionados com base em modelos seus.

Todas essas pessoas, quando observam os quadros, mantêm-se calmas e silenciosas. Já Ksana mira as telas com olhos apaixonados. Puni trabalha muito o tempo todo.

Os quadros o devoram. É tão difícil trabalhar!

E essas coisas nascem como crianças.

Elas são concebidas com alegria, alegria e não vergonha, é difícil carregá-las, é doloroso pari-las, e depois elas vivem amargamente.

[80] G.m.b.H.: iniciais da expressão alemã Gesellschaft mit beschränkter Haftung (Sociedade de responsabilidade limitada). (N. do T.)

[81] Alusão ao episódio bíblico da fuga para o Egito, Evangelho segundo São Mateus 2, 13-23. (N. do T.)

DÉCIMA QUINTA CARTA

Eis a quarta de Ália,
sobre o fato de que ela não quer nada.

Querido, estou sentada no sofá do qual você não gosta e sinto como é bom quando há calor, conforto e dor nenhuma.

Todas as coisas têm o ar comedido e taciturno de pessoas bem-educadas.

As flores falam francamente: nós sabemos, mas não diremos — e sabe-se lá o que elas sabem!

Uma montanha de livros, que posso ler e não leio, o telefone, ao qual posso falar e não falo, o piano, que posso tocar e não toco, pessoas, com as quais posso me encontrar e não me encontro, e você, que eu deveria amar e não amo.

Mas sem os livros, sem as flores, sem o piano, sem você, querido amigo, como eu choraria.

Encaracolei-me toda agora e, como uma autêntica mulher do Oriente, estou meditando.

Esquadrinho os traços do estúpido desenho-padrão do fogão, imito absurdamente a chaleira — uma mão no quadril, a alça, o braço encurvado, o bico — e acho graça da semelhança, aperto os olhos para distinguir um ramo de azaleia branca que tremelica não sei por quê.

Não sonho com nada, não penso.

Querido, não quero te ofender, por favor, não pense que estou te ofendendo. Sinto que começo a lhe parecer autoconfiante; não, sei que não sirvo para nada, não vale a pena insistir nisso.

As compras jazem ainda empacotadas sobre a mesa.

Até há bem pouco tempo, eu teria chegado em casa e me despido para provar a nova camisola de dormir, mas agora ela jaz embrulhada no papel.

Ália

DÉCIMA SEXTA CARTA

Na qual é elaborada uma consideração de Ália acerca dos navios transatlânticos, fala-se sobre danças no convés, automóveis, Boris Pasternak,[82] *a Casa da Imprensa de Moscou e sobre o nosso destino.*

Você me fazia belos relatos sobre o navio transatlântico. Ora, eu sou um cofre para as suas palavras. Você contava que, num navio desses, sente-se o tempo todo o modo como ele puxa. Não o movimento em si, mas justamente a propulsão, a marcha e a potência da marcha. Um automobilista compreende isso. Cada automóvel puxa de modo diverso. Um bom carro exerce contra as suas costas uma agradável pressão, como se as empurrasse com a palma da mão. O principal encanto de um bom carro é o caráter da sua propulsão, o caráter da intensificação da força. A sensação é semelhante à intensificação de uma voz. A voz-propulsão de um Fiat se intensifica muito agradavelmente. Basta pisar no acelerador, e o carro, em êxtase, te leva. Há carros de arranque poderoso, mas duro, lembro-me em particular de um assim: um Mitchell de sessenta cavalos-vapor. São diferentes todas as sensações dentro de um automóvel: você sente propulsão e calma ou propulsão e angústia. Mas tudo com base na sensação do movimento fazendo pressão em você.

Nunca vi um navio transatlântico. Mas amo-o e compreendo-o. Deve ser muito bom dançar sobre um chão que

[82] Boris Leonídovitch Pasternak (1890-1960) foi um insigne poeta, prosador e tradutor, autor do romance *Doutor Jivago* e ganhador do Prêmio Nobel de Literatura de 1958, ao qual teve de recusar por pressão do regime soviético. (N. do T.)

se move, trocar beijos e pensar enquanto as ideias ficam um pouquinho para trás do movimento, como o coração num elevador que desce.

Trata-se de algo parecido com pensar ao som de música, só que melhor. Ou ainda algo parecido com o diálogo de Dolokhov (*Guerra e paz*) ao som da canção "Oh, tu, casinha, minha casinha!" — quando ele não consegue arranjar briga com um camarada.[83]

Nasce um novo mundo, nascem novas sensações, ainda nem todos se apercebem disso. A nossa terra está sendo puxada a reboque sabe-se lá para onde. Uma vez a sua irmã estava sentada na Casa da Imprensa de Moscou. Fazia frio, decerto, havia muita gente de jornal. Pois ela estava sentada com Boris Pasternak. Ele falava como de costume, lançava um denso tropel de palavras ora para um lado, ora para o outro, e o mais importante não era dito. A palavra mais importante.

Mas o próprio Pasternak estava tão bem que vou descrevê-lo agora mesmo. A sua cabeça tem a forma de uma pedra oval, compacta, firme, peito largo, olhos castanhos. Marina Tsvetáieva diz que Pasternak se parece ao mesmo tempo

[83] *Guerra e paz*, de Lev Tolstói, t. I, parte II, cap. 2. A suposta contenda é na verdade um diálogo tenso, cheio de subtexto irônico, entre Dolokhov, oficial rebaixado a soldado, e o hussardo Jerkov, recém-nomeado efetivo do Estado-Maior. Do alto da sela do seu cavalo, Jerkov, que outrora pertencera ao bando de arruaceiros chefiado por Dolokhov, aborda o seu antigo líder com arrogância de arrivista, pronto a humilhar. Dolokhov, antes muito animado, responde friamente à alegria de Jerkov. A cena ocorre depois de uma revista de tropas feita pelo temido comandante em chefe Mikhail Kutúzov (1745-1813). Quando Kutúzov vai embora, a banda militar, por assim dizer, faz o carnaval com uma canção folclórica russa. A canção, portanto, como que musica, em contraponto, a esgrima verbal entre o rebaixado, Dolokhov, e o nomeado, Jerkov, calando assim uma iminente "briga". Diz o narrador: "A conversa deles, provavelmente, teria sido outra se não falassem ao som da canção". (N. do T.)

com um árabe e com o seu cavalo.[84] Pasternak sempre se arroja a algum lugar, mas não histericamente, e sim puxando como um cavalo forte e fogoso. Ele anda, mas quer é correr em disparada, jogando as pernas longe, adiante. Depois de muitas palavras incompreensíveis, Pasternak disse à sua irmã:

— A senhora sabe, nós estamos como que num navio.

Por entre pessoas vestindo casacos a mastigar sanduíches junto ao balcão da Casa da Imprensa, esse homem sentia a propulsão da história. Ele sente o movimento, os seus versos são belos pela sua propulsão, as suas linhas irrompem e não conseguem se amainar, como varões de aço, chocam-se umas contra as outras, como vagões de um trem que subitamente freasse. Bons versos.

Pasternak está inquieto em Berlim. Ele é um homem da cultura ocidental, ou pelo menos a compreende, chegou inclusive a morar na Alemanha antes, tem agora ao seu lado uma esposa boa, jovem — mas está muito inquieto. Sem tentar arredondar a carta, direi, parece-me, que ele sente entre nós uma ausência de propulsão. Somos refugiados — não, refugiados, não, somos fugitivos, e agora sitiados.[85]

[84] Marina Ivânovna Tsvetáieva (1892-1941) foi uma das mais fascinantes poetas e personalidades russas do século XX. Autoexilou-se em 1922 e peregrinou por Berlim, Praga e Paris. Perdeu marido e uma das filhas, Irina — ele, fuzilado, e ela, de fome. Suicidou-se dois anos depois de voltar à terra natal, premida pelo nazismo e pelo stalinismo. Embora sempre enfrentando penúrias, produziu muito e cultivou constantes *affaires* artístico-amorosos, entre os quais Rainer Maria Rilke e o próprio Pasternak. Marina faz o referido comentário em "Svietovói lívien'" ("Torrente iluminada"), uma resenha de *Siestrá moiá jizn* (*Vida minha irmã*, Berlim, 1922), livro de poemas de Pasternak. (N. do T.)

[85] Pasternak passou o verão de 1912 estudando filosofia na Universidade de Marburgo. Em 1922, casou-se com a artista plástica Ievguênia Vladímirovna Lurié (1898-1965). Em 1930, Pasternak divorciou-se para se casar com Zinaída Nikoláievna Ieremêieva (1897-1966). (N. do T.)

Por enquanto.

A Berlim russa não vai a lugar nenhum. Ela não tem destino.

Nenhuma propulsão.

Quão nitidamente eu sinto isso. Talvez você tenha atração por estrangeiros, ingleses, americanos, talvez conosco você se entedie, porque você também sente isso. Essa gente possui uma propulsão mecânica, propulsão de navio transatlântico, em cujo convés é bom dançar o *shimmy*. Estamos perdendo as nossas mulheres. Já é hora de pensar em nós mesmos. Nós, os homens, somos motores de combustão interna, o nosso negócio é puxar a sirga. Não temos sapatos de baile para o convés.

DÉCIMA SÉTIMA CARTA

Sobre a inexorabilidade e a previsibilidade do desfecho. Enquanto espera por ele, o correspondente escreve primeiro sobre Hamburgo, depois sobre a cinza-listrada Dresden e finalmente sobre a cidade das casas pré-fabricadas — Berlim; a carta versa adiante sobre um anel pelo qual passam todos os pensamentos do autor, sobre uma caminhada noturna por baixo de doze pontes de ferro e sobre um encontro. E também sobre o fato de que as palavras são inúteis.

Eu me embaralhei todo, Ália! Veja só o que acontece: ao mesmo tempo que lhe escrevo cartas, escrevo um livro. E aquilo que está no livro e aquilo que está na vida se embaralharam completamente. Você se lembra do que lhe escrevi sobre Andrei Biéli e sobre o método? O amor tem os seus próprios métodos, a sua própria lógica de andamentos estabelecida à minha e à nossa revelia. Proferi a palavra amor e coloquei a coisa em andamento. Começou o jogo. Onde está o amor, onde está o livro, já não sei. O jogo evolui. No terceiro ou no quarto caderno tipográfico, sofrerei o meu xeque-mate. O começo já foi jogado. Ninguém pode mudar o desfecho.

Os finais trágicos — um coração partido, no mínimo — são previsíveis num romance epistolar.

Mas por enquanto contarei, apenas para mim mesmo, sobre o lugar onde se passa a ação.

É difícil descrever Berlim.

Para descrever Hamburgo, pode-se dizer algo acerca das gaivotas que sobrevoam os canais, das lojas, das casas que se inclinam para os canais, de tudo o que é praxe retratar.

Quando se adentra o porto livre da cidade de Hamburgo, as eclusas se abrem como uma cortina. Efeito teatral. Um imenso campo de água, gruas a fazer mesuras, negras escavadeiras enchendo a boca com o carvão dos navios. Os seus dois maxilares se escancaram de uma vez só para ambos os lados, como os dos crocodilos. Altos, tão altos quanto o tiro de um Nagant,[86] ascensores de pórtico gradeados. Elevadores flutuantes, que podem sugar até 35 mil *pud*[87] de grãos por dia. Nadar até um desses sugadores e pedir-lhe: "Caro camarada, sugue de mim, por favor, 35 mil diabinhos do amor que se aboletaram na minha alma".

Ou pedir à maior das gruas que me levante pelo cangote e me mostre o Elba coalhado de eclusas, muito ferro, navios, perto dos quais os automóveis não passam de pulgas. E que a grua a vapor me diga: "Meu totó sentimental, olhe só para o ferro que se empina. Não fica bem gemer e chorar, e, se você não pode viver, então meta a cabeça numa escavadeira metálica de carvão para que ela a abocanhe".

Certo!

É possível descrever Hamburgo.

Descrever Dresden dará mais trabalho, é claro. Mas há uma saída, à qual a nova literatura russa recorre com frequência.

Tomemos um detalhe qualquer de Dresden — por exemplo, o fato de que lá os automóveis são limpinhos e estofados por dentro com um tecido cinza-listrado.

O resto é muito simples, como para um ascensor de grua é simples erguer uma tonelada.

[86] O revólver Nagant M1895, desenvolvido por Léon Nagant especialmente para o Império Russo, em 1895, e utilizado amplamente pelo Exército Vermelho. (N. do T.)

[87] Antiga medida russa, equivalente a 16,3 kg. (N. do T.)

É preciso fazer crer que toda Dresden é cinzinha-listrada, que o Elba é uma listra sobre fundo cinzinha, que as casas são cinzinhas, que a Madona Sistina é cinzinha-listrada. Isso dificilmente estará correto, mas em compensação será convincente e de muito bom-tom.

Cinzinha-listrado.

Mas é difícil descrever Berlim. Impossível capturá-la.

Em Berlim, como se sabe, os russos vivem ao redor do Zoo.

A notoriedade desse fato não é motivo de alegria.

Durante a guerra se dizia: "É sabido que os alemães avançam geralmente com a primavera". Como se os alemães fossem aliados da primavera.

Os russos andam por Berlim ao redor da velha igreja luterana[88] feito moscas esvoaçando ao redor de um lustre. E, assim como no lustre está pendurada uma bolinha de papel mata-moscas, também nessa igreja está afixada na cruz uma estranha noz espinhosa.

As ruas que se veem do alto dessa noz são largas. As casas são iguais, como malas. Pelas ruas caminham damas usando casacos de pele de leão-marinho e pesadas botas de couro e, entre elas, você e o seu casaco cor de rato com acabamento de pele de leão-marinho.

Pelas ruas caminham muambeiros usando casacos grosseiros e professores russos, aos pares, com guarda-chuvas nas mãos atrás das costas. Há muitos bondes, mas não faz sentido circular neles pela cidade, já que a cidade é a mesma em toda parte. Palácios provindos da loja de palácios pré-fabri-

[88] Trata-se da Kaiser-Wilhelm-Gedächtniskirche, ou simplesmente Gedächtniskirche (Igreja da Memória), uma das principais obras do arquiteto Franz Schwechten (1841-1924). Foi construída nos anos 1890 por iniciativa do imperador Guilherme II e sofreu graves danos sob o fogo da Segunda Guerra Mundial. (N. do T.)

cados. Os monumentos parecem jogos de louça. Não vamos a lugar nenhum, vivemos amontoados entre os alemães, como um lago entre suas margens.

Não há inverno. A neve ora cai, ora derrete.

Na umidade e na derrota enferruja-se a Alemanha de ferro, e nos amalgamamos pela ferrugem, enferrujando com ela, nós, que não somos de ferro.

Na Kleiststrasse, defronte à casa em que mora Ivan Puni, fica a casa em que mora Elena Ferrari.[89]

Ela tem um rosto de porcelana, e os cílios grandes lhe repuxam as pálpebras.

Ela pode batê-los como portinholas de um cofre-forte.

Por entre essas duas célebres casas, irrompe voando um *Untergrund* de sob o solo e, com um uivo, ganha o elevado.

O trem dispara da estação Wittenbergplatz rugindo como um pesado projétil em ascensão.

Adiante, o trem passa veloz por trás de uma igreja vermelha; as igrejas em Berlim são tão parecidas umas com as outras que as distinguimos apenas pelas ruas onde estão situadas.

O trem passa veloz por trás da igreja vermelha através da brecha de uma casa, como se passasse por um arco triunfal.

Em seguida vem o fórum de todos os trens berlinenses, Gleisdreieck. Para russos que vivem entre alemães como entre margens, Gleisdreieck é uma baldeação.

[89] Pseudônimo de Olga Fiódorovna Gôlubeva (1899-1939), combatente do Exército Vermelho e espiã soviética. Notabilizou-se por ter afundado, em 1921, o navio *Lúculo*, base das operações do Exército Branco de Wrangel. No ano seguinte, Ferrari infiltrou-se na comunidade emigrada em Berlim, onde travou relações com Górki, Chklóvski Khodassiévitch e Puni. Ali publicou um livro de poemas e estava negociando a publicação dos seus contos na revista *Bessiêda*, de Górki, quando este descobriu que ela era uma espiã. (N. do T.)

Daí o trem segue rumo à Leipzigerplatz e a outras praças, onde os mendigos vendem fósforos e os cães-guias de cego se deixam ficar tranquilamente deitados, cobertos por xabraques.

Os realejos soluçam, eles não tocam nem "Ach, du lieber Augustin" nem "Deutschland, Deutschland über alles",[90] eles simplesmente gemem. É o gemido mecânico de Berlim.

Se você não embarcar rumo às praças, mas, em vez disso, sair pelos portões desertos da Gleisdreieck, não verá nem alemães, nem professores, nem atravessadores.

Ao redor, pelos telhados de compridos edifícios amarelos, correm vias, vias que correm por terra, por altos elevados de ferro, cruzam elevados de ferro, passando por outros elevados, ainda mais altos.

Milhares de lumes, lampiões, setas, bolas de ferro sobre tripés, semáforos, semáforos por toda parte.

A saudade, o amor de emigrante e o bonde nº 164 me conduziram até este lugar, andei muito tempo pelas pontezinhas situadas sobre as vias que aqui se entrelaçam, como se

[90] "Ach, du lieber Augustin" ("Oh, querido Augustin"), balada popular vienense de autoria do lendário boêmio Marx Augustin. Durante a praga que assolou Viena em 1679, Augustin, bêbado, caiu com a sua gaita de foles numa fossa e adormeceu. Tomaram-no por um cadáver infecto e o jogaram numa vala de pestilentos fora da cidade. Quando acordou entre os mortos, sem conseguir sair da vala, começou a tocar a canção que o consagraria. Ouviram-no e o resgataram, são e salvo, inclusive da peste. "Deutschland, Deutschland über alles" ("Alemanha, Alemanha acima de tudo") é o primeiro verso do "Deutschlandlied" ("Canção da Alemanha"), ou "Das Lied der Deutschen" ("A canção dos alemães"). Esse *Lied*, com música de Joseph Haydn (1797) e letra de August Heinrich Hoffmann von Fallersleben (1841), chegou a ser na íntegra o Hino Nacional alemão, mas a controversa associação das duas primeiras estrofes ao nazismo acabou por fazer com que apenas a terceira estrofe fosse cantada oficialmente. (N. do T.)

entrelaçam os fios de um xale quando passado através de um anel.[91]

Esse anel é Berlim.

Esse anel, para os meus pensamentos, é o seu nome.

Eu voltava muitas vezes à noite da sua casa e passava por baixo de doze pontes de ferro.

A gente vai andando, cantando. Pensando por que ao coração de ferro da Alemanha — Gleisdreieck — e aos portões de ferro de Hamburgo a vida só oferece coisas pré-fabricadas — casas que parecem malas, bondes que não levam a lugar nenhum. Prossigo, voltando.

Prossigo pelo caminho que passa por baixo das doze pontes de ferro.

O caminho é longo. Na esquina da Potsdamerstrasse, vejo toda noite sempre a mesma prostituta de chapéu vermelho!

Ela cantarola alguma coisa quando me vê, depois fala comigo numa língua que não entendo.

Passo reto, tenho muito chão pela frente.

O que fazer, camarada de chapéu vermelho!

Há muitos animais diferentes no mundo, e todos eles, cada um à sua maneira, glorificam Deus e blasfemam contra Ele.

Você mergulha até o fundo do mar sem palavras e traz do fundo do mar só areia, que escorre como lodo.

E eu tenho muitas palavras, tenho força, mas aquela a quem digo todas as palavras é uma estrangeira.

[91] Os xales de lã caprina confeccionados na região de Oremburgo, Ásia Central russa, são tão tênues que, malgrado as suas notáveis dimensões, podem passar inteiros por uma aliança de casamento. Tal ductilidade, aliás, serve como prova de que são legítimos. (N. do T.)

DÉCIMA OITAVA CARTA

Sobre o japonês Taratsuki e o seu amor por Macha. Sobre a lamentável semelhança entre pessoas de todas as cores. Sobre o monte Fuji. No fim da carta, uma reprimenda.

Eu sou muito sentimental, Ália. Isso porque levo a vida a sério. Talvez o mundo inteiro seja sentimental. Aquele mundo cujo endereço conheço. Ele não dança foxtrote.

Tive na Rússia de 1913 um aluno japonês. O seu sobrenome era Taratsuki.

Ele trabalhava como secretário na embaixada japonesa.

No apartamento em que ele morava, havia uma arrumadeira chamada Macha, da cidade de Soltsy.[92] Apaixonavam-se por Macha zeladores, inquilinos, o carteiro, soldados.

Mas Macha não precisava de nada. Ela já tinha em Soltsy uma filha de seis anos, que chamava a mãe de boba.

O quarto de Taratsuki era quente. Muitas vezes eu me sentava ao seu lado e lia Tolstói para ele.

Sempre lia rápido demais.

O rosto de Taratsuki e o meu se refletiam no espelho da parede.

O meu rosto mudava a toda hora, e o dele estava sempre imóvel, como se não fosse pele, mas casca.

Parecia-me que só um de nós dois, provavelmente, era uma pessoa.

O seu mundo, para mim, não tinha endereço.

[92] Cidade histórica da região de Nóvgorod, a noroeste de Moscou. (N. do T.)

Taratsuki se apaixonou por Macha. Ela ria aos guinchos quando falava disso.

Ele a acompanhava quando ela levava um cachorrinho branco para passear.

Taratsuki a amou em 1914, 1915, 1916, 1917, 1918.

Cinco anos.

Uma vez ele abordou Macha e lhe disse:

"Ouça, Macha. Eu tenho uma avó, ela mora no grande monte Fuji, num jardim. Ela é muito nobre e me ama, e nesse jardim também vive a correr um macaquinho branco de estimação."

(Não se espantem com o estilo de Taratsuki — afinal, quem lhe ensinou a língua russa fui eu.)

"Não faz muito tempo, o macaquinho branco da minha avó fugiu.

"A minha avó me escreveu sobre isso.

"E eu lhe respondi dizendo que amo uma moça chamada Macha e pedindo permissão para me casar. Eu queria que você fosse aceita na família.

"A minha avó me respondeu dizendo que o macaquinho já havia voltado, que ela estava muito feliz e concordava com o casamento."

Mas a Macha pareceu muito engraçado o fato de que Taratsuki tivesse uma avó amarela morando no monte Fuji.

Ela ria e não queria nada.

Depois veio a revolução.

Taratsuki descobriu o paradeiro de Macha, que estava desempregada, e voltou à carga:

"Macha, aqui ninguém entende nada. Isso não acabará tão cedo, muito sangue ainda será derramado.

"Vamos para a minha casa no Japão."

A revolução continuava.

Taratsuki chamou Macha à embaixada. As coisas na embaixada estavam sendo empacotadas. Macha foi.

Lá eles foram recebidos pelo embaixador, que disse às pressas:

"Moça, a senhora não entende o que está fazendo — o seu noivo é um homem rico e nobre, a avó dele deu o consentimento.

"Pense bem e não deixe a felicidade escapar."

Macha não respondeu nada.

Mas, quando eles saíram à rua, ela respondeu ao seu japonês: "Não vou a lugar nenhum" — e deu-lhe um beijo na cabeça raspada.

Taratsuki foi procurá-la outra vez. Ele estava muito triste. Ele dizia:

"Querida Macha. Se você não vai, então me dê de presente o cachorrinho branco que você leva para passear."

Como eram tempos de fome e já não havia nada com que alimentar o cachorro, Macha o deu de presente.

A última carta de Taratsuki chegou de Vladivostók.[93] Eis o que dizia:

"Trouxe para cá o seu cachorro e logo seguirei viagem com ele, a situação aí será muito penosa para você, espero uma resposta, escreva e irei buscá-la."

Mas a carta mal teve tempo de chegar e a estrada de ferro se rompeu em centenas de lugares.

Fosse como fosse, Macha não responderia. Ela ficou.

Como antes, todos a amavam. Ela não temia a revolução, porque não tinha uma nobre avó amarela.

Hoje ela trabalha numa fábrica de "provisões bélico-sanitárias" — algo assim.

Quando ela se lembra do japonês, tem pena dele.

[93] Cidade portuária às margens do mar do Japão, perto da fronteira com a China e a Coreia do Norte. Abriga a estação final da ferrovia Transiberiana no sentido Ocidente-Oriente, ou seja, Moscou-Vladivostók. (N. do T.)

Todos a amam. Ela é uma mulher de verdade, ela é como a relva, é como se não tivesse nome nem amor-próprio, ela vive sem se aperceber de si.

Também tenho pena do japonês.

E penso que em vão eu mirava o espelho e percebia erradamente a mim e ao japonês como diferentes.

Ele é muito parecido comigo, esse japonês.

Não penso que isso vá contribuir para o fortalecimento do poderio militar do seu país.

E você não é Macha.

No seu céu, em vez de estrelas — o seu endereço. Aliás, tudo isso é antes lastimável do que bom.

PREFÁCIO À DÉCIMA NONA CARTA

De Ália, sobre aspirina, arenque com batatas, telefone, inércia amorosa, um inglês dançarino e Stiêcha, a ama de leite. O prefácio explica em detalhes por que não é preciso ler a carta de Ália.

A carta de Ália é o que há de melhor em todo o livro. Mas não a leiam agora. Pulem-na e guardem-na para depois de terminado o livro. Vou-lhes explicar agora por que deve ser assim.

Eu mesmo não a li então. Beijei-a, corri os olhos por alguns trechinhos, mas ela estava escrita a lápis e não a li.

Agora explico por quê. Eu sou surdo. Isto é, nessa vida já rebitei caldeiras, segurava os rebites por dentro, com tenazes. Uma trovoada nos ouvidos. Vejo que os lábios das pessoas se movem, mas não ouço nada. A vida me ensurdeceu — e gente surda é muito fechada.

Li a carta de Ália só há pouco, no dia 10 de março, já depois de escrito o livro. Li-a durante quatro horas. Antes de tudo, a carta está muito bem escrita. Palavra de honra, não fui eu que a escrevi. Ela contém a verdade verdadeira sobre a inércia amorosa e ainda uma verdade não escrita sobre a inércia da desgraça.

No estrangeiro, eu precisava ser estraçalhado, e encontrei um amor que estraçalha. E nem via direito a mulher e já me aproximava certo de que não me amaria. Não digo que, se fosse diferente, ela me teria amor. Mas tudo estava pré-traçado. Essa carta derruba o esquema das duas culturas, porque a mulher que escreveu dessa maneira sobre Stiêcha é das nossas.

Pois bem, caros amigos, não leiam essa carta. É de propósito que ela está riscada. Para que vocês não a leiam por engano.

Como entender essa carta do ponto de vista da composição? Ela não foi inserida, afinal?

Mas me digam, por que diabos vocês precisam da composição? E, se ela é necessária — à vontade! Para a ironia da obra, é indispensável uma dupla interpretação da ação, que se dá geralmente por meio do rebaixamento — em *Ievguêni Oniéguin*, por exemplo, com a frase: "Ou será ele mera paródia?".[94]

Ofereço no meu livro uma segunda e enaltecedora interpretação da mulher à qual eu escrevia, e uma segunda interpretação de mim mesmo.

Sou surdo.

Se vocês acreditarem no meu esclarecimento sobre a composição, terão de acreditar também que fui eu que escrevi a carta de Ália para mim.

Eu não recomendo acreditar... A carta é de Ália.

Além do mais, vocês não entenderão nada mesmo, já que tudo foi cortado na revisão.

[94] Verso final da estrofe XXIV do capítulo 7 de *Ievguêni Oniéguin*, "romance em versos" de Aleksandr Púchkin (1799-1837). A jovem e ingênua Tatiana apaixona-se por Oniéguin, dândi galã, cabotino e *blasé* — cansado da vida e das mulheres. Ele a rejeita friamente, o que faz com que se transforme para Tatiana numa espécie de personagem, pela qual, apesar de tudo, ainda suspira. Na estrofe em questão, ela desconstrói, com a voz do narrador, o enigmático Oniéguin ("O que é ele?"), figurando-o através de imagens negativas, que vão do sublime à "paródia". Daí o "rebaixamento". (N. do T.)

DÉCIMA NONA CARTA,

que não deve ser lida. Foi escrita por Ália
quando esteve doente, o papel calhou de ser pautado,
e a carta é a melhor de todo o livro,
mas não deve ser lida e por isso está riscada.

Sobre o que se pode escrever neste papel escolar?

Só não conte os erros e não me dê notas. Masquei três aspirinas, tomei uma quantidade espantosa de várias coisas quentes, passeei descalça pelo apartamento vestindo um casaco de peles, conversei com alguém por telefone, comi arenque com batatas, fiquei um bom tempo sem fazer nada, e agora lhe escrevo.

Quando essa mulher lhe telefonou, você veio correndo a trote curto. Coqueteria ou baixeza, ou as duas juntas!

Se você fosse uma mulher, o meu assim chamado Wertheim[95] seria uma lojinha miúda em comparação com a sua empresa. Mas a sua inércia amorosa me assusta um pouco. Na verdade, é horrível. Você grita, irrita-se com a sua própria voz e grita ainda mais. Bem, como é que você, por inércia, faz uma declaração de amor a algo completamente descabido? Só não se zangue.

Encomende um terno novo, e convém ter seis camisas — três na lavanderia, três com você; dou-lhe de presente a gravata, engraxe os sapatos.

Comigo, fale de livros, eu me sentarei nas patas traseiras, bem ereta, às suas ordens.

[95] Grande loja de departamentos de Berlim. (N. do T.)

Agora vou dormir. Será que ficarei doente e não poderei dançar amanhã?

Tão bom inglês, tão bom dançarino (dois méritos equivalentes). Será que ficarei doente?

Que frio. Preciso de galochas ou de um automóvel.

Penhorar a alma ao diabo? Talvez o prego não seja tão ruim.

Ontem passei o dia todo pensando em Stiêcha, a minha ama de leite.

De tanto pensar, pego o bonde da linha contrária — depois choro.

Sou mais parecida com Stiêcha do que com mamãe. Stiêcha é branca e rosada, farta, risonha, sem maldade nenhuma, e gosta do sexo masculino. Por isso é que foi tantas vezes ama de leite.

Cada vez que precisava ir à roda dos enjeitados,[96] recorria a papai — não tem dinheiro.

Papai a repreende por ela não ter arrancado nada daquele imprestável.

— Que ele vá com Deus, patrão!

Ela me ama como a uma filha. Quando eu tinha dois meses de idade, ela me alimentava com sopas de repolho, e sei lá como me intoxicou, tendo se empanturrado com os caroços da geleia de cereja que preparavam na *datcha*. Quando cresci um pouco, vinha me ver trazendo regalos, mantinha-se de pé e me chamava de "senhora"; depois que todos saíam, sentava-se comigo para tomar chá e me tratava por "você". Quando me tornei gente grande, passei a entender o seu temperamento alegre. "A minha patroa tem uma amiga que mora com ela, não entendo — feito duas monjas!" E ela cai na

[96] Em russo, *vospitátelni dom*, "casa educacional", eufemismo para depósito de crianças abandonadas. (N. do T.)

risada, e é toda tão quente, Stiêcha tem o cheiro da sua arca de madeira quando ela a destampa: chita e maçãs. Nariz arrebitado, olhinhos astutos.

A cozinheira achava que eu recebia jovens de mais na minha casa e pensava que atrás da porta fechada se passava uma pouca-vergonha. "Que nada!", diz Stiêcha, "você, dizem que pôs um filho bastardo no mundo, mas eles, imagine se chegariam a esse ponto!"

Uma vez ela foi trabalhar numa casa muito rica. Nessa casa houve um roubo.

Como sempre, Stiêcha recorre a papai, em prantos, vão arrastá-la à delegacia.

Papai lhe pergunta:

— E onde você estava na hora do roubo?

— No convento de Novodiêvitchi,[97] visitando uma monja.

— Pois diga isso e eles liberam você.

— Ora, patrão, meter uma monja num caso desses!

Não havia o que a fizesse falar, curtiu um tempo na cadeia, depois acharam os ladrões e a soltaram.

De modo que, já depois da revolução, quando mamãe tentou convencê-la a ir votar, ela disse que depois dessa história com as colheres de prata não voltaria a pisar numa delegacia[98] nem morta.

Há muito, muito tempo lhe prometeram um vestido de seda para ir ao meu casamento.

E ela jamais o recebeu...

Até perdi o sono, de tanto que eu a amo, Stiêcha.

[97] Um dos mais famosos mosteiros de Moscou. (N. do T.)

[98] Em russo, *utchástok*, que pode significar tanto "delegacia (de polícia)" como "seção (eleitoral)". (N. do T.)

Um beijo, querido, tomara que eu não caia doente.

Ália

Por que é que eu fui despejar tanta Stiêcha em cima de você?

VIGÉSIMA BREVE CARTA

Não importa que você escreva cartas azuis aos outros, eu te amo, Ália!

VIGÉSIMA PRIMEIRA CARTA

A quinta de Ália. Nesta carta fala-se do Taiti,[99] *uma ilha onde nada anda bem. Os barquinhos da ilha cheiram a gasolina, e isso também não é bom. Essa ilha é muito distante para ser amada. Ela continua sendo distante mesmo quando se vive lá. A carta ainda conta sobre uma égua chamada Taniúcha e da sua partida rumo à ilha de Moorea. Essa ilha fica a uma hora e meia de viagem do Taiti.*

Querido!

Eu gosto de me lembrar do Taiti, mas narro sem muita vontade. Mamãe sempre dizia que não me relaciono de modo inteligente com os acontecimentos e com o mundo ao meu redor: não sei quantos habitantes, brancos e negros, vivem no Taiti, quantos quilômetros de circunferência tem a ilha, quanto medem as suas montanhas. Sinto-me simplesmente atraída por essa doce ilha, por esse fantástico mar. A água é azul como tinta, um recife de corais cerca a ilha; as ondas se

[99] *No Taiti* (*Na Taiti*, 1925) é a estreia literária de Elsa Triolet (Ella Iúrievna Kagan, 1896-1970). A narrativa, entre relato e ficção, foi publicada em russo e depois traduzida pela própria autora para o francês. Elsa sai da Rússia em 1918, e em 1919 casa-se em Paris com um militar francês, André Triolet, com quem passa um período no Taiti, a maior ilha da Polinésia Francesa. É à luz desse contato vertiginoso com o mundo taitiano, radicalmente avesso ao modo de vida russo, que a jovem Elsa se inspira para escrever a primeira obra de uma vasta produção posterior, que inclui, por exemplo, o livro de contos *O primeiro rasgão custa duzentos francos* (*Le Premier accroc coûte deux cents francs*, 1944), ganhador do Prix Goncourt em 1945. (N. do T.)

quebram no recife com um barulho familiar, e a espuma forma uma imarcescível coroa branca gigante; o tempo todo o cheiro de baunilha e da tiaré — uma florzinha branca atrás da orelha de rostos morenos e sorridentes; caranguejos correm de lado para cá e para lá à beira-mar; o sol se põe atrás da Moorea. Isso eu sei, eu vejo, eu sinto.

Na verdade, o assunto é outro; eu queria lhe contar sobre Taniúcha. Andrei me presenteou com uma pequena eguinha. Como provocação ao equador, à temperatura e aos cocos, chamei-a de Taniúcha. Muito me agradava quando o preto velho Tapu a chamava de "Taniússa". Eu mesma cuidava dela, limpava-a, dava-lhe de comer e de beber. Ela também me tratava bem. Achegava-se à varanda em busca de bananas e relinchava de leve. Quando Taniúcha ganhou peso e se tornou reluzente e bonita, mudou bruscamente de caráter: não deixava que montassem nela e, quando montavam, começava a revolutear a torto e a direito e a arredar, não importando o que houvesse atrás — água, uma cerca farpada, pessoas. Depois se embrenhou de vez nas profundezas da ilha — e vá achá-la! Andrei então não estava, ele sempre ia vistoriar outras ilhas. E o meu dormitório tinha cinco portas e uma janela! Tudo escancarado! As noites do Taiti são tão silenciosas, saturadas, tão claras, que os próprios negros não se afastam de jeito nenhum das suas casas durante a noite. Eu sentia um medo de entontecer, de cair no choro. Finalmente tivemos a ideia de colocar Tapu à porta. Logo após a fuga de Taniúcha, passei a noite inteira em prantos. Eu chorava com muita frequência naqueles tempos. Tapu ouvia e pensava que eu sentia medo — quando o marido voltar, baterá em mim porque a égua sumiu. De manhã ele diz: "Não chore, eu acharei Taniússa, e o seu *tane* (marido) não ficará sabendo de nada". Expediu para todos os lados um bando de alegres moleques negros, e trouxeram Taniúcha de volta ao seu devido lugar.

Quando Andrei chegou e soube da fuga, vendeu-a imediatamente. Ele tratava os cavalos como tratava as pessoas, e achou que uma ingratidão tão vil quanto a que ela havia demonstrado era intolerável. Meteram Taniúcha num barquinho e a mandaram para um inglês da Moorea. Como ela deve ter sacolejado, a coitada!

Você escreve sobre mim — para si mesmo; eu escrevo sobre mim — para você.

Ália

VIGÉSIMA SEGUNDA CARTA,

inesperada e, na minha opinião, completamente supérflua. O conteúdo desta carta, claramente, escapou de outro livro do mesmo autor, mas talvez ela tenha parecido necessária ao compilador do livro para variar. Esta carta cruzou no correio com a carta sobre o Taiti.

Recentemente tive ocasião de ir ao teatro Scala. Na Lutherstrasse. As atrações eram diversas: um acrobata dava cambalhotas sobre uma vara colocada nos ombros de outro acrobata, duas ginastas giravam tão rápido nos trapézios que de baixo parecia que ambas tinham se transformado em vasos verdes, ao passo que as suas sombras, caindo na cortina, continuavam sendo sempre humanas. Impossível concatenar um programa tão amplo numa única frase. Havia ainda um homem de aparência asquerosa, que de início fazia ginástica de solo tendo nos dentes um haltere de dois *pud* e depois erguia do chão, pegando-as com os dentes pelo encosto, três ou quatro cadeiras pesadas, amarradas juntas. Eu, homem de dentes muito ruins, não gostei disso.

O mais divertido foram os ciclistas: eles davam voltas pelo palco empinando as bicicletas, equilibrando-se apenas nas rodas traseiras, para enfim se recolherem à coxia sentados sobre uns aros, sem pressa, e ainda por cima sempre soprando trombetas.

Tom Sawyer[100] teria gostado muito disso.

Depois tocaram os balalaiqueiros.

[100] Célebre protagonista juvenil de *As aventuras de Tom Sawyer* (1876), do escritor norte-americano Mark Twain (1835-1910). (N. do T.)

Os atores russos dançaram.

Um pintor-improvisador desenhava caricaturas variadas. Desenhou um muambeiro, e em seguida acrescentou grades ao desenho.

Espantou-me nessa *variété* a total incoerência do programa.

Há duas atitudes diante da arte.

A primeira se caracteriza por tomar a obra como uma janela para o mundo.

Por meio de palavras, imagens, deseja-se expressar o que está por trás das palavras e das imagens. Artistas desse tipo merecem o título de tradutores.

A outra atitude diante da arte é tomá-la como um mundo de coisas que existem por conta própria.

As palavras, as relações entre as palavras, os pensamentos, a ironia dos pensamentos, a divergência entre eles, eis no que consiste o conteúdo da arte. Se se pode comparar a arte com uma janela, que seja apenas com uma janela desenhada.

As obras de arte complexas resultam em geral de combinações e interações de obras já existentes, mais simples e, particularmente, menores.

Um romance se compõe de pedaços — novelas.

Um drama se compõe de palavras, chistes, movimentos, combinações de movimentos e palavras, de situações cênicas. Para Shakespeare, o chiste bem-sucedido de um ator é um fim, e não um meio para delinear um tipo.

A figura do herói do romance primitivo é um meio de unir as partes. No processo de modificação das obras de arte, o interesse transfere-se para as partes conjuntivas.

A motivação psicológica, a verossimilhança das mudanças de situação, passam a interessar mais do que momentos bem amarrados. Surgem então o romance e o drama psicológicos e a interpretação psicológica de dramas e romances antigos.

Isso se explica provavelmente pelo fato de que nessa época os "momentos" se haviam desgastado.

A fase seguinte na arte é o desgaste da motivação psicológica.

Torna-se necessário modificá-la, "estranhá-la".[101]

Curioso, nesse sentido, é o romance *O vermelho e o negro*, de Stendhal, no qual o herói age se violentando, como que a contrapelo de si mesmo; nele, a motivação psicológica da ação está contraposta à ação.

O herói age segundo o esquema romântico-aventuresco, mas raciocina a seu modo.

Em Lev Tolstói, a psicologia dos heróis é ajustada às ações.

Dostoiévski contrapõe a psicologia dos personagens à sua relevância moral e social.

O romance se desenvolve em ritmo criminal-policial, mas a psicologia ganha dimensão filosófica.

Por fim, todas as contraposições se esgotam.

Então só resta uma coisa — passar aos "momentos", romper as ligações, tornadas um tecido de cicatrizes.

O que há de mais vivo na arte contemporânea é a compilação de artigos e o teatro *variété*, que provêm do interesse por momentos isolados, e não por um momento de ligação. Algo assim se notava nos números de *vaudeville*.

[101] No original, *ostraniát*, verbo decorrente do neologismo *ostraniênie* (*c.* 1916), um dos conceitos-chave da teoria literária de Chklóvski, cujo étimo se encontra nos verbos russos *ustranít* ("remover", "excluir") e *otstranít* ("afastar", "dispensar"). Tal gama semântica fomenta o conceito de "desautomatização", ou seja, a dialética entre obra de arte e espectador em que ambos saem do seu *habitat* e tornam-se novos um ao outro. Assim, o choque do espectador resgata a aura da obra de arte, ao passo que o próprio choque passa a ter aura. O dramaturgo Bertolt Brecht (1898-1956) ecoa Chklóvski ao formular o seu *V-Effekt* ou *Verfremdungseffekt* ("efeito de afastamento"). (N. do T.)

Mas nos teatros desse gênero já se percebe um novo momento — o momento da ligação das partes.

Num teatro tcheco do mesmo tipo de *divertissement* do Scala, tive ocasião de ver mais um procedimento, que, creio eu, já vem sendo aplicado há tempos nos circos. Ao fim do programa, um palhaço exibe todos os números, parodiando-os e pondo-os a nu. Por exemplo: ele revela os truques dando as costas ao público, que vê o paradeiro da carta desaparecida.

Nesse sentido, os teatros alemães se acham num grau de desenvolvimento muito baixo.

Um caso mais interessante é o livro que agora estou escrevendo. Chama-se *Zoo*, *Cartas não de amor* ou *A terceira Heloísa*; nele há momentos isolados que se ligam pelo fato de tudo estar enlaçado pela história do amor de um homem por uma mulher. Esse livro é uma tentativa de sair dos limites do romance comum.

Escrevo este livro para você, e escrevê-lo me é fisicamente doloroso.

VIGÉSIMA TERCEIRA CARTA

Resposta à carta sobre o Taiti. Começa com lembranças. São lembranças de janeiro — a carta, afinal, foi escrita em meados de fevereiro. Mas as lembranças já não parecem autênticas. O século do vapor, da eletricidade e do shimmy *acelerou o ritmo da vida. A carta termina com a tentativa de escrever uma dedicatória, os últimos parágrafos sendo como que um experimento de estilo patético. Então, que os considerem assim. (Segunda carta datada do mesmo dia.)*

Você escreveu para mim sobre você.

Você pode sorrir para mim, almoçar para mim ou ir a algum lugar com alguém para mim. Eu não posso fazer nada para você.

Você, provavelmente, não se lembra das palavras que me escreveu na folha de um caderninho de notas.

Se elas fossem verdadeiras, mesmo que por um minuto, se você as tivesse esquecido, então eu também poderia escrever sobre mim para você ou pelo menos sobre você para você.

Mas o caderninho se perdeu, e não se pode apresentar cartas como acerto de contas.

Perdão, Ália, se de novo a palavra "amor" infiltrou-se nua na minha carta. Cansei de escrever não sobre o amor. Nas minhas cartas, o tempo todo há pessoas estranhas, como nos nossos encontros — um trio, um quarteto, e às vezes até um coro inteiro.

Dê liberdade às minhas palavras, Ália, para que elas possam chegar até você.

Permita-me escrever sobre o amor.

Mas não vale a pena chorar, se eu sou afinal alegre e leve como uma sombrinha de verão.

A sua carta é boa. A sua voz é verdadeira — você não falseteia.

Sinto até um pouco de inveja.

Você esteve no Taiti, e para você, além disso, é mais fácil escrever. Você não sabe — e isso é bom — que muitas palavras são proibidas.

Proibidas as palavras sobre flores. Proibida a primavera. Em suma, todas as boas palavras estão exauridas.

Estou farto da inteligência e da ironia.

A sua carta me causou inveja.

Eu queria tanto só descrever objetos, como se nunca houvesse existido literatura, e, portanto, fosse possível escrever literariamente.

Seria bom inclusive escrever com frases longas algo assim: "Maravilhoso é o Dniepr em tempo sereno".[102]

Eu também quero escrever sobre uma coroa "imarcescível" — não, melhor, sobre uma coroa "imperecível".

Escreverei sobre coroas de flores, pegando embalo na sua carta.

Ália, não posso conter as palavras!

Eu te amo. Em êxtase, com címbalos.

Isso são palavras.

Você encurralou o meu amor no auscultador do telefone. Sou eu que digo isso.

E as palavras dizem: "Ela é a única ilha para você e para a sua vida. Dela você já não tem como voltar. É só em torno dela que o mar possui cor".

E dizemos juntos:

[102] Início de uma frase do conto "A terrível vingança" ("Stráchnaia miêst"), de Nikolai Gógol (1809-1852), que faz parte do segundo volume de *Vietcherá na khútore bliz Dikánki* (*Serões numa granja perto de Dikanka*), seu ciclo de histórias ucranianas. (N. do T.)

Ah, mulher que não me deixa chegar perto! Deixe que o meu livro se deite na sua soleira como o preto Tapu! Mas o meu livro é branco. Não, não é assim. Nada de reprimendas. Amada! Deixe que o meu livro circunde o seu nome, que se deite em torno dele como uma coroa branca, larga, indelével, imarcescível, *imperecível*.

VIGÉSIMA QUARTA CARTA,

infeliz, no que não difere das outras cartas. Ela fala dos alemães que sabem morrer, das mulheres que perdemos, de Marc Chagall, da habilidade de segurar um garfo e do significado do provincianismo na história da arte.

Você se sente ligada ao mundo cultural.

A qual, Ália? — Há muitos.

Cada país tem a sua própria cultura, e um estrangeiro não pode se apossar dela.

Dói-me o coração por Petersburgo, penso nas suas calçadas, ao passo que você não pode voltar à Rússia, você ama a França, mas não morreria de saudade por ela.

Você é uma pessoa de cultura por demais pan-europeia.

Se um automóvel não pesasse nada, ele não poderia se locomover; o peso dá suporte às suas rodas.

Eu não escreveria isso a você se não amasse.

Não me torture com a ideia de que para você eu não peso nada; o mundo em torno de Ália não tem peso.

Num apartamento próximo ao de Bogatyrióv, uma família alemã se asfixiou com gás. A mãe deixou um bilhete: “No mundo não há lugar para um trabalhador alemão”.

Alemães, que vergonha não poder ajudá-los!

Ália, perdoe o meu amor infeliz; diga, em que língua você dirá a última palavra, na hora da morte?

Eu lhe ofereço vários sortilégios, comparo você com todos. Dizem que as pessoas se recolhem à psicose conscientemente, como a um mosteiro. É mais fácil se imaginar cachorro do que viver como ser humano.

Eu quero rasgar em pedaços e espalhar pela cidade aquilo que eu amo.

Não sei fazer isso.

Uma vez, há pouco, reunimo-nos no ateliê.

No quarto havia petersburgueses e moscovitas.

Alguém começou a falar de vistos. Contam que antes, um, dois anos atrás, os russos entre si falavam tão animados de passaportes quanto uma mulher casada fala de partos.

Eis que o assunto veio à tona também dessa vez. Os homens, na maioria, não tinham passaporte nenhum, estavam vivos porque fincaram raízes.

Mas as mulheres!

Francesas, suíças, albanesas (palavra de honra), italianas, tchecas — e tudo-tudo muito a sério e a valer.

Dói aos homens malbaratar as suas mulheres. Imagino o que foi Constantinopla!

É terrível ver destinos semelhantes. O nosso amor, os nossos casamentos, as fugas, são meras motivações.

Estamos perdendo a nós mesmos, estamos nos transformando em tecido conjuntivo.

E a arte precisa do que é local, vivo, diferenciado (que palavra para uma carta!).

Vamos perder a mestria como estamos perdendo as mulheres.

Você se sente ligada à cultura, você sabe que tem bom gosto, ao passo que eu amo coisas de outro gosto. Amo Marc Chagall.

Vi Marc Chagall em Petersburgo. Parecido, pelo que achei, com N. N. Ievrêinov[103] — ele era a cara de um barbeiro de província.

[103] Nikolai Nikoláievitch Ievrêinov (1879-1953), dramaturgo, diretor, ator, músico, crítico, teórico e historiador de teatro. Uma de suas poéticas teatrais tinha por objetivo converter o espectador em ator, de onde resultariam a teoria e a prática do seu monodrama. Foi expulso da Rússia em 1922. (N. do T.)

Botões de madrepérola num colete colorido. É um homem de um mau gosto que beira o ridículo.

As tintas da sua roupa e o seu romantismo provinciano, ele os transfere para os quadros.

Nos quadros, ele não é europeu, mas vitebskiano.[104]

Marc Chagall não pertence ao "mundo cultural".

Ele nasceu em Vítebsk, uma cidadezinha provinciana.

Mais tarde, durante a revolução, Vítebsk inflou, nela havia uma grande escola de arte. Naquele tempo era frequente que uma cidade ou outra inflassem: ora Kíev, ora Teodósia, ora Tíflis; uma vez até uma aldeia do Volga — Markstadt — inflou graças a uma academia de filosofia.

Assim sendo, todos os guris vitebskianos desenham como Chagall, e isso lhe é um elogio: ele foi capaz de continuar sendo um vitebskiano em Paris e em Píter.

É bom saber segurar um garfo, embora isso, na Europa, qualquer rapariga de *Nachtlokal* também saiba fazer. Melhor ainda é saber quais sapatos combinam com o *smoking* e quais abotoaduras meter numa camisa de seda. Esses conhecimentos são pouco aplicáveis a mim.

[104] O pintor Marc Chagall (1887-1985) deixou Vítebsk, sua cidade natal, em 1907 para se dedicar às artes em São Petersburgo. Entre 1911 e 1914, estudou em Paris, voltando à Rússia após o início da Primeira Guerra Mundial. Passada a Revolução de Outubro, foi nomeado diretor da nova escola de arte de Vítebsk (Escola de Artes do Povo), cargo que exerceu até se desentender com o suprematismo radical do pintor ucraniano Kazimir Maliévitch (1878-1935), a quem o próprio Chagall havia convidado a lecionar ali. Chagall viajou então para Moscou e tornou-se diretor de cenografia do Teatro Judaico do Estado. Quando houve divergências com o regime, emigrou, passou parte de 1922 em Berlim e instalou-se depois em Paris. Fugiu para os Estados Unidos na década de 1930, mas, finda a Segunda Guerra Mundial, voltou de vez à França, onde morreu em Saint-Paul de Vence. (N. do T.)

Mas me lembro de que na Europa todos são europeus por direito de nascença.

Mas na arte é preciso ter cheiro próprio, e cheiro de francês só francês tem.

Aqui ideias sobre a salvação do mundo não ajudam em nada.

São salutares a introdução do provincianismo, o seu cruzamento com a arte tradicional. "Os balalaiqueiros", "O carrossel"[105] etc. são ruins porque tudo isso falsifica o provincianismo russo.

Isso desorienta as pessoas. Atrapalha o trabalho futuro. Os quadros, os romances.

Só que escrever bem é difícil, era o que os meus amigos sempre me diziam.[106]

Viver de verdade é doloroso.

Nisso você me ajuda.

[105] Nomes de cabarés russos em Berlim. (N. do T.)

[106] "Escrever bem é difícil" era a divisa dos Irmãos Serapião. Veja-se o título do livro de memórias de Veniamin Kaviérin (1902-1989) um dos membros do grupo: *Olá, companheiro. Escrever é bem difícil* (*Zdrávstvui, brat. Pissát ótchen trúdno*), Moscou, 1965. (N. do T.)

VIGÉSIMA QUINTA CARTA

Sobre a primavera, Prager Diele,[107] *Ehrenburg,*[108] *cachimbos, sobre o tempo que passa, sobre lábios que se renovam e sobre um coração que se desgasta, enquanto lábios alheios apenas perdem a tinta. Sobre o meu coração.*

Já faz sete graus acima de zero. O casaco de outono se transformou num casaco de primavera. O inverno passa e, aconteça o que acontecer, não me obrigarão a aguentar esse inverno de novo.

Vamos acreditar no nosso retorno. A primavera está chegando.

[107] O já citado café-restaurante, situado na Prager Platz (Praça de Praga), era um eminente ponto de encontro de artistas e intelectuais de Berlim e, em especial, de russos que passavam pela Alemanha ou ali estavam exilados, como o escritor Iliá Ehrenburg, que tinha mesa cativa ali. Foi na Prager Diele, por exemplo, que o escritor Andrei Biéli se encontrou com a poeta Marina Tsvetáieva em 1922. (N. do T.)

[108] Iliá Grigórievitch Ehrenburg (1891-1967), prolífico e polêmico escritor e jornalista judeu-ucraniano, atuou largamente na cultura soviética, além de ter sido um cosmopolita de mão-cheia. Durante a Guerra Civil Russa (1918-1921), foi simpatizante dos mencheviques e cogitou a emigração. Mas, no outono de 1920, após a derrota do general Wrangel, líder dos Brancos, voltou a Moscou. Na primavera de 1921, foi mandado ao exterior como correspondente estrangeiro a cargo de publicações soviéticas. Chegou a cobrir a Guerra Civil Espanhola nos anos 1930. Expulso da França após ser denunciado à polícia como bolchevista belicoso, passou o verão na Bélgica, onde escreveu o romance *Julio Jurenito* (1922), depois se mudou para Berlim e lá permaneceu até 1923. Sempre soube se aproveitar das vantagens do regime soviético, ao mesmo tempo que o criticava e se esquivava dele. (N. do T.)

Você me disse que na primavera tem a sensação de que perdeu ou esqueceu alguma coisa e não consegue lembrar o quê.

Na primavera de Petersburgo, eu caminhava de capa preta à beira-rio. Lá há noites brancas, e o sol se levanta quando as pontes levadiças ainda não baixaram. Eu achava muita coisa à beira-rio. Mas você não achará nada, você só foi capaz de perceber a perda. A beira-rio de Berlim é diferente. Também é linda. É bom caminhar à beira dos canais rumo aos bairros proletários.

Lá, os canais se alargam em alguns pontos formando portos silenciosos e as gruas se debruçam sobre a água. Como árvores. Lá, em Hallesches Tor, ainda mais longe do lugar onde você mora, há uma torre cilíndrica de usinas de gás, como as do nosso canal Obvodni.[109] Quando eu tinha dezoito anos, levava todos os dias a minha namorada a essas torres. Os canais são muito bonitos, ainda que corra às suas margens a alta plataforma da estrada de ferro da cidade.

Já estou me lembrando do que foi que perdi.

Graças a Deus, é primavera.

O pessoal da Prager Diele colocará mesinhas na calçada, e Iliá Ehrenburg verá o céu.

Iliá Ehrenburg anda pelas ruas de Berlim do mesmo modo que andava em Paris e em outras cidades onde há emigrantes, vergado, como se procurasse no chão algo que perdeu. Aliás, essa comparação é inexata — o seu corpo não se verga na cintura, apenas a cabeça pende e as costas se arqueiam. Casaco cinza, boné de couro. A cabeça é de todo jovem. Ele tem três profissões: 1) fumar cachimbo, 2) ser céti-

[109] O mais longo canal de São Petersburgo, com mais de oito quilômetros de extensão. (N. do T.)

co, ficar sentado num café e editar a *Objeto*,[110] 3) escrever *Julio Jurenito*.[111]

Depois de *Julio Jurenito*, surgiu um livro intitulado *Truste, D. E.*[112] Ehrenburg emite raios, esses raios usam diversos sobrenomes, e a sua marca registrada é o fato de fumarem cachimbo.

Esses raios enchem o café.

Num canto do café está o professor em pessoa demonstrando a arte de fumar cachimbo, escrever romances e tomar o mundo e o sorvete com ceticismo.

A natureza dotou Ehrenburg à larga — ele tem um passaporte soviético.

[110] Ehrenburg e o pintor russo El Lissitzky (1890-1941) publicaram três edições da revista *Viéch* (*Objeto* ou *Coisa*) ao longo de 1922 — em russo, francês e alemão. Foi a primeira publicação internacional do movimento construtivista. Como baluartes da facção radical do movimento, ambos enfatizavam a irrelevância da arte pura para o mundo moderno e defendiam a cultura das formas utilitárias da arte, ou seja, os cartazes, o *design* industrial, a arquitetura, os filmes e toda a tecnologia então emergente. (N. do T.)

[111] *As extraordinárias aventuras de Julio Jurenito e dos seus discípulos* (*Neobyknovênnie prikliutchêniia Khúlio Khurenito i ievô utchienikôv*, Berlim, 1922) é considerada a obra-prima de Ehrenburg. Escrita num arroubo, em menos de um mês, trata-se de uma sátira filosófica do pandemônio civilizacional europeu. O seu protagonista é um mexicano que percorre a Europa durante os anos de 1910-1920 com uma trupe de discípulos, que inclui uma série de estereótipos, desde o capitalista Mr. Cool até um africano idólatra, passando por um indigente italiano e por um judeu-russo, *alter ego* do autor. Jurenito estigmatiza toda espécie de racismo e nacionalismo, denuncia as guerras, a hipocrisia e a sede de poder. (N. do T.)

[112] *Truste D. E.: uma história da derrocada da Europa* (*Triest D. E.: istóriia guíbeli Ievrópy*, Berlim, 1923). Em linhas gerais, o enredo do romance trata do plano de um grupo de milionários norte-americanos dispostos a financiar a destruição da Europa à base de vírus e de gases letais. (N. do T.)

Ele vive com esse passaporte no estrangeiro. E milhares de vistos.

Não sei que espécie de escritor é Iliá Ehrenburg.

A sua produção antiga não é boa.

Julio Jurenito dá o que pensar. É coisa bem jornalística, um folhetim com enredo, tipos convencionais e o próprio velho Ehrenburg com a sua oração;[113] a velha poesia usada como tipo convencional.

O romance se desenvolve na linha do *Cândido*, de Voltaire, se bem que com menos variedade de enredo.

No *Cândido*, fecha-se bem o círculo do enredo: enquanto procuram por Cunegundes, ela se deita com todos e envelhece. Ao herói resta apenas uma velha que se lembra da pele suave de um búlgaro.[114]

Esse enredo, ou melhor, essa constatação crítica de que "o tempo passa" e as traições acontecem, tudo isso já tinha sido elaborado por Boccaccio: uma noiva passa de mão em mão e, enfim, chega ao marido jurando virgindade.

No caminho, porém, ela não conheceu só mãos. Essa novela termina com uma frase famosa, que diz que os lábios não minguam, mas, ao contrário, os beijos só fazem renová-los.[115]

[113] Alusão ao livro de poemas *Molitva o Rossii* (*Oração para a Rússia*), publicado por Iliá Ehrenburg em 1918. (N. do T.)

[114] Alusão ao "Capítulo oitavo: História de Cunegundes" da novela filosófico-satírica *Cândido, ou o otimismo* (1758-1759), de Voltaire (François-Marie Arouet, 1694-1778). Cunegundes, a bem-amada de Cândido, o protagonista, conta-lhe como o seu estuprador búlgaro foi morto, no próprio ato do estupro, por um capitão também búlgaro "de pele branca e suave", para então regalar-se com ela e em seguida vendê-la ao judeu dom Issacar. O judeu, por sua vez, é obrigado a dividir Cunegundes com o inquisidor, o mesmo que condenou à forca o doutor Pangloss, mestre filósofo do herói, e mandou açoitar Cândido. (N. do T.)

[115] O episódio em questão consta do *Decameron* (*c.* 1348-1353), de

Não importa, logo me lembrarei do que me esqueci. Ehrenburg tem uma ironia particular, nos seus contos e romances não há nada de elisabetano. O bom nele é que ele não continua as tradições da grande literatura russa e prefere escrever "coisas ruins".

Antes eu me zangava com Ehrenburg porque ele, judeu católico ou eslavófilo que se transformou em construtivista europeu, não se esqueceu do passado.

Ele, Saulo, não se tornou Paulo.[116] Ele é Pável Sávlovitch e publica *O calor animal*.[117]

Ele é não só um jornalista que sabe compilar pensamentos alheios num romance, mas também quase um artista sensível à contradição entre a cultura humana antiga e o mundo novo, que se constrói atualmente por meio da máquina.

De todas as contradições, a mais dolorosa para mim é que, enquanto os lábios se renovam, o coração se esfarrapa, e aquilo que foi esquecido se esfrangalha com ele, não decifrado.

Giovanni Boccaccio (1313-1375). É a "Sétima novela" da "Segunda jornada — Filomena", que tem como remate a máxima: "Boca beijada não perde ventura [o bom destino], antes se renova como faz a lua". (N. do T.)

[116] Alusão a Atos dos Apóstolos 13, 9, passagem em que Saulo, ao se converter, troca o seu nome para Paulo. (N. do T.)

[117] *Zvierínoie tieplô*, livro de poemas de Ehrenburg (Moscou/Berlim, Helikon, 1923). Pável é o nome russo do apóstolo Paulo; o patronímico Sávlovitch significa "filho de Saulo". (N. do T.)

VIGÉSIMA SEXTA CARTA

Sobre uma máscara, sobre baterias, sobre o comprimento do capô do motor do Hispano-Suiza,[118] *sobre os motores de combustão interna em geral e sobre o fato de que, se o automóvel Hispano-Suiza fosse um ser humano, usaria argolas nas orelhas. Como automobilista, afirmo: a carta é cheia de fúria surda e calúnia.*

Hoje acordei no meio da noite. Despertou-me a ininteligibilidade do objeto que eu tinha nas mãos.

O objeto era uma máscara negra de papel, e eu estava no meio do quarto.

Pelo visto, bom mesmo seria me internar num sanatório.

Falar de amor me faz mal.

Vamos falar de automóveis.

É triste andar de táxi!

O mais triste mesmo é andar num carro movido a motor elétrico. Nele o coração não bate, ele está carregado, cheio de baterias pesadas, mas as placas descarregam — e ele para.

Já dei a partida em muitos carros ao longo da vida, às vezes eles mesmos me devolviam o golpe; incitei muita gente ao trabalho.

Também em Berlim surge ocasionalmente a vontade de dar a partida num motor com o qual o motorista não consegue lidar, foi o que fiz umas duas vezes, mas na terceira cometi um engano dos mais lastimáveis.

[118] Fabricante espanhola de automóveis, conhecida por produzir veículos de luxo e mecanismos aeronáuticos antes da Segunda Guerra Mundial. (N. do T.)

Fui dar a partida, mas o motor era elétrico, o radiador, fajuto, e manivela, é claro, não havia. Como dar a partida num carro que não tem coração, que não pega? E a sua aparência é falsa: como peitilhos e punhos postiços; na frente está instalado um capô, ao que parece para o motor, mas lá dentro, decerto, só trapos.

Fingem ser motores de combustão interna.

Pobre emigração russa!

O seu coração não bate.

Em Berlim não se pode nem é de bom-tom falar alto em russo nas ruas. Os próprios alemães praticamente sussurram.

Viva, mas cale-se.

Em um automóvel morto movido a baterias, vagueie pela cidade sem barulho nem esperança. Ponha para girar, prendendo a respiração, aquilo que você possuía, e, depois do giro, morra.

Nós éramos bateria carregada na Rússia, enquanto aqui só giramos, giramos e logo arriaremos. As placas de chumbo das baterias não serão nada mais do que um peso.

O ácido há de se tornar acídulo.

Os jornais russos de Berlim cheiram a esse peso acídulo.

Acídulas e pesadas são as palavras que escrevi.

Melhor conversarmos sobre marcas de automóveis.

Você gosta do Hispano-Suiza?

Que tolice! Não vá se trair.

Você gosta de coisas caras e há de farejar as mais caras da loja, ainda que se baralhem à noite todas as etiquetas de preço. Hispano-Suiza? Um automóvel ruim. Um carro honesto e nobre, que rode bem, no qual o motorista se senta de lado ostentando a sua impotência — esse é um Mercedes, um Benz, um Fiat, um Delaunay-Belleville, um Packard, um Renault, um Delage e o caríssimo mas muito sério Rolls-Royce, que roda com extraordinária suavidade.

Em todos esses carros, a constituição da carroceria revela a estrutura do motor e da transmissão e, além disso, é calculada para reduzir ao mínimo a resistência do ar. Os carros de corrida possuem geralmente capôs compridos, a dianteira alta; isso se explica pelo fato de que, em alta velocidade, é justamente tal forma que propicia a redução da resistência atmosférica. Você já notou, Ália, que o pássaro voa tendo à frente não a sua cauda pontiaguda, e sim o seu peito largo?

O comprimento do capô se explica, é claro, pela quantidade de cilindros do motor (quatro, seis e, mais raramente, oito ou doze) e dos seus diâmetros. O público está acostumado a carros narigudos. O Hispano-Suiza é um carro de marcha longa, ou seja, nele há uma grande distância entre o ponto morto baixo e o ponto morto alto.

Esse carro de alta velocidade, acelerado, por assim dizer — cheirou cocaína. Tem motor alto e estreito.

Isso é problema dele.

Mas o capô é comprido.

Desse modo, o Hispano-Suiza se mascara com o seu capô, há quase um *archin*[119] de distância entre o radiador e o motor. Esse *archin* de mentira, feito para esnobes, esse *archin* que viola a estrutura me põe furioso.

Se eu vier a te odiar, se algum dia eu conseguir cantar:

> Desapareçam as veredas
> Que tantas vezes palmilhei! —,[120]

mandarei a lembrança que tenho de você não para o diabo, e sim para esse vazio que há no Hispano-Suiza.

[119] Antiga medida russa equivalente a 0,71 metro. (N. do T.)

[120] Chklóvski glosa aqui a primeira estrofe de uma cantiga popular russa ("Pozarastáli stiôchki-dorôjki"): "As veredas por onde o meu amado e eu costumávamos passear agora estão cobertas de musgo e grama". (N. do T.)

O seu Hispano-Suiza custa caro, mas é uma bugiganga.

Amiúde instalam nele, em vez de portas, carrocerias com assentos que giram para o lado. Os gigolôs devem gostar disso.[121]

A inclinação do seu volante é indecente, e, fosse ele um ser humano, teria argolas nas orelhas. O radiador do seu Hispano-Suiza não está no lugar, ele anda com punhos de reboque. Ele jamais te amará. Tudo isso me interessa mais do que os destinos da emigração russa. Entretanto, o Hispano-Suiza detém o recorde de longa distância em terrenos montanhosos.[122]

[121] Trocadilho intraduzível. Em russo, “gigolô”, o homem que vive às custas de uma prostituta ou de uma amante, é *alfons*. O termo já circulava no século XIX, mas se tornou popular a partir de 1874, quando da estreia na Rússia da peça *Monsieur Alphonse* (1886), de Alexandre Dumas Filho (1824-1895). Na carta, a palavra tem vários sentidos, porque também se refere a Alfonso XIII, rei da Espanha entre 1886 e 1931. Os Hispano-Suizas eram automóveis de luxo destinados a ricos; os protótipos, fabricados em 1904, foram vendidos ao rei espanhol, e a então recém-fundada indústria automobilística batizou o seu modelo de 1912 com o nome régio. (N. do T.)

[122] Em 1909, um modelo Hispano-Suiza ganhou a Copa do Automóvel (Coupe de l’Auto) na França. (N. do T.)

VIGÉSIMA SÉTIMA CARTA

Sobre o princípio da relatividade e sobre um alemão com argolas nas orelhas. Aqui também vem a calhar a história de um ratinho que se transformou numa moça.

Pode acaso um homem se fazer exótico usando argolas nas orelhas?

Com certeza, mas só num baile à fantasia.

Calças de janota, mas largas demais para um homem que se preze. E na rua — um chapéu de pele de castor.

Mas você corre para cima e para baixo atrás dele!

O que fazer, Ália? Com você aprendo o princípio da relatividade.

Aliás, eis aqui uma fábula.

Um eremita se apaixonou por um rato — estranho amor, mas o que é que a solidão em Berlim não nos leva a fazer — e o transformou numa moça.

A moça não amava o eremita. Ele tinha ciúme dela.

Ela lhe dizia: "Então é assim o seu amor!".

A moça dizia ainda: "Quero antes de tudo a liberdade. É melhor você ir embora".

O eremita lhe telefonou e disse: "Hoje está um lindo dia!".

A moça disse: "Ainda não me vesti".

O eremita disse: "Eu espero. Vamos, eu lhe farei companhia enquanto você vai às lojas".

A moça ia fazendo compras.

Depois o eremita a levou aos subúrbios, a Wannsee.[123]

[123] Região suburbana a sudoeste de Berlim, famosa por seus dois lagos. (N. do T.)

O sol ainda brilhava no céu.

Embora as lojas fossem muitas.

Ele disse: "Quer ser a mulher do sol?".

Nesse momento, uma nuvem cobriu o sol.

A moça disse: "A nuvem é mais poderosa".

O eremita era indulgente, ainda mais com a moça.

Ele disse: "Quer que a nuvem seja o seu marido?".

Nesse instante, o vento varreu a nuvem.

A moça disse: "O vento é mais poderoso".

O eremita começou a se zangar.

O telefone lhe arruinara os nervos.

Ele gritou: "Eu lhe arranjo um casamento com o vento!".

A moça, ofendida, respondeu: "Não preciso do vento, estou aquecida e não sopra nenhuma corrente de ar. Essa montanha me protege do vento. A montanha é mais poderosa".

O eremita entendeu que as mulheres costumam gastar muito tempo nas lojas escolhendo o que comprar e que a moça pensava estar numa loja. Ele respondeu com a paciência de um balconista: "Pois não, a montanha!".

Nesse momento, o rosto da moça ficou radiante. Ela era pura alegria.

O eremita achou até que ele mesmo estivesse feliz.

Ela apontou com o dedinho para o sopé da montanha e disse: "Olhe!".

O eremita não via nada.

"Como ele é bonito, como ele é poderoso, ele é mais forte do que a montanha, eis a criatura da minha vida, e como se veste!"

"Quem?" — perguntou o eremita.

"O ratinho, querido eremita!" — disse a moça. — "Ele roeu a montanha por dentro, veja só, ele já me ama."

"Que maravilha!" — disse o eremita. — "Esse aí você há de amar mesmo; ainda bem que você não caiu de amores por algum personagem de opereta."

Ele beijou as orelhas rosadas da moça-ratinho e deixou que se fosse embora, entregando-lhe um passaporte de rato. Esse passaporte, a propósito, é válido em qualquer país.

Não se zangue com o rato.

O coração é crivado de botões de cobre, como a jaqueta de um jovem ascensorista.

Por dia, ele sobe mil vezes e mil vezes cai.

Ele é como um rato estriado pela ratoeira.

Eu te amo — como se ama o sol. Como se ama o vento. Como se amam as montanhas.

Como se ama: para sempre.

VIGÉSIMA OITAVA CARTA,

com uma queixa de que a desgraça é curta demais. Ele é exigente a mais não poder. A desgraça já lhe basta para o lenço. Afora isso, a carta traz uma versão de uma fábula famosa. Esta carta não foi anotada, e palavras que ficam por ser ditas se tornam pensamento.

Eu lhe juro... logo terminarei o romance.

Ah, mulher que não me responde!

Você encurralou o meu amor no auscultador do telefone.

A minha desgraça vem me visitar e se senta comigo à mesa.

Converso com ela.

Mas o médico diz que a minha pressão sanguínea está normal e que a minha alucinação é só um fenômeno literário.

A desgraça vem me visitar. Converso com ela, enquanto por dentro conto as páginas.

Ao que parece, só cem páginas.

Que desgraça curta.

Seria preciso arranjar uma outra — em escala internacional.

Mas poderia ter sido diferente.

Não consegui.

Só consegui, como você mandou, arranjar seis camisas.

"Três comigo, três na lavanderia."

Eu precisava ser estraçalhado e encontrei um amor que estraçalha; estou chegando ao fim, já lhe escrevi isso.

Um homem amolava uma faca na pedra. Ele não precisa da pedra, embora se curve diante dela.

Isso é Tolstói.[124]

Ele escreveu mais e melhor sobre isso.

No meu destino, tudo estava pré-traçado.

Mas também poderia ter sido diferente.

Darei um segundo desfecho ao romance.

Tirado de Andersen.[125]

Eis o que poderia ter sido.

Era uma vez um príncipe.

Ele possuía duas joias: uma rosa, que floresceu no túmulo da sua mãe, e um rouxinol, que cantava tão docemente que era de fazer esquecer a própria alma.

[124] Lev Tolstói, capítulo XII de *Então o que é que devemos fazer?* (*Tak tchto je nam diélat*, 1886): "Lembro-me de que uma vez caminhava por uma rua de Moscou, quando à minha frente vejo um homem, ele perscruta as pedras da calçada, depois escolhe uma pedra, acocora-se diante dela e começa (assim me pareceu) a raspá-la ou a esfregá-la com tensão e esforço enormes. 'O que é que ele está fazendo com esta calçada?', pensei. Cheguei perto e vi o que fazia o homem; ele era o rapagão do açougue; ele amolava a sua faca na pedra da calçada. Ele pouco se importava com as pedras enquanto as examinava, e menos ainda enquanto fazia o seu trabalho — ele amolava a sua faca. Ele precisava amolar a sua faca para poder cortar carne; pareceu-me que ele fazia alguma coisa com as pedras da calçada. É exatamente assim que a humanidade apenas parece se ocupar com comércios, tratados, guerras, ciências, artes; só uma coisa lhe interessa, e só uma coisa ela faz — tenta compreender as leis morais sob as quais vive". (N. do T.)

[125] Livre adaptação de "O porqueiro", conto de Hans Christian Andersen (1805-1875). O original trata de um príncipe que se disfarça de porqueiro no palácio da princesa pela qual está apaixonado. Depois de ver recusados os seus dois presentes de galanteio, uma rosa e um rouxinol, ele, agora porqueiro, seduz a princesa com instrumentos de percussão de cunho próprio, e ela os compra com beijos. No fim, o pai da princesa, indignado com a atitude licenciosa da filha, expulsa-a do palácio. Por sua vez, o porqueiro, agora revelado príncipe, também a desdenha. A princesa, então, vai cantar melancolicamente à porta do palácio. (N. do T.)

Ele se apaixonou pela princesa do reino vizinho e lhe mandou:

1) uma rosa,

2) um rouxinol.

A rosa, a princesa deu de presente ao seu instrutor de patinação, e o rouxinol, esse morreu no terceiro dia: não aguentou o cheiro de água-de-colônia e pó de arroz.

Quanto ao resto da história, Andersen conta tudo errado.

O príncipe jamais se travestiu de guardador de porcos.

Ele pegou dinheiro emprestado, comprou meias de seda e sapatos de bico fino.

Levou um dia aprendendo a sorrir, dois, a ficar calado, e três meses se acostumando ao cheiro de pó de arroz.

Ele deu de presente à princesa:

1) uma matraca, ao som da qual se podia dançar o *shimmy*,

2) algum brinquedo dado a mexericos — provavelmente, um livro com dedicatória.

A princesa de fato o beijou.

A noite em que a princesa veio ter com o príncipe era de fato negra, chuvosa.

A princesa bateu decidida à porta.

O príncipe escorregou pelo corrimão: toda noite lhe parecia que alguém batia à porta, e assim aprendeu a escorregar com primor pelo corrimão.

Ele abriu a porta e (falo em termos do cubismo) o vento lançou no quadrilátero prismas de chuva e o setor esférico de uma umbrela.

O príncipe logo reconheceu a umbrela.

Ele se curvou até abaixo da linha dos próprios pés (pois estava na soleira) e disse:

"Entrai, princesa, a casa é vossa."

Ela entrou; chovia.

Ela estava tão cansada que subiu a escada sem nem fechar a umbrela.

O príncipe a instalou diante da lareira, acendeu o fogo, pôs a mesa e queria fugir. Ele queria lhe dar de presente:

1) uma rosa,

2) um rouxinol.

O príncipe era avoado.

Foi aí que o peixe frito caiu na risada.

Nos contos orientais, o peixe frito ri. Darei mais detalhes nos meus próximos livros.

Na literatura europeia, que eu saiba, foi comigo que ele riu pela primeira vez.

Ele ri quando vê que alguém deu de presente o próprio coração em vez de uma matraca. Dessa vez ele riu até rebentar, batendo o rabo e espirrando molho.

"Príncipe" — disse ele —, "por que você estraga os contos dos outros?"

"Andersen me caluniou" — respondeu o príncipe.

"A minha casa e o meu coração pertencem à princesa!

"Quem é amado nunca é culpado.

"E você fique aí bem quietinho e não espirre molho, porque a princesa vai comê-lo agora."

"Você é que foi comido, oh, príncipe frito" — disse o peixe.

Disse isso e morreu pela segunda vez, agora de tédio: ele não gostava da princesa.

E aqui um possível segundo desfecho para o romance.

A princesa mora no mesmo edifício que o príncipe, porque na cidade há bem poucos apartamentos vagos.

O príncipe vira artesão de brinquedos: conserta vitrolas e faz matracas, ao som das quais pode-se dançar o *shimmy*.

A princesa mora no edifício dele.

Mas ela mora com outros.

Sucede que a partir de um ponto pode-se baixar várias perpendiculares sobre uma reta.

Pode-se entender tudo isso ou conhecendo bem a geometria não euclidiana, ou chegando ao ponto em que um trocadilho é tão sem graça quanto uma úlcera no estômago.

Tudo isso é uma questão de "como".

Todas as minhas cartas são sobre "como" eu te amo.

VIGÉSIMA NONA CARTA

A última de Ália. Aqui Ália escreve sobre como se devem escrever cartas de amor. Esta carta termina com uma frase atroz: "Chega de escrever sobre como, como, como você me ama, porque no terceiro 'como' eu já estou noutra". O autor do livro deseja sinceramente que os seus leitores jamais recebam cartas assim.

Você está violando o acordo.

Você me escreve duas cartas por dia. Acumularam-se muitas cartas.

Entulhei a gaveta da escrivaninha, entupi os bolsos e a bolsa.

Você diz saber como foi feito o *Dom Quixote*, mas uma carta de amor você não consegue fazer.

E você só se zanga e se zanga.

Mas, quando escreve com amor, você se afunda no lirismo e solta borbulhas... (Escrevo-lhe do restaurante "Sul", solene, solitária, enquanto espero um *schnitzel*.)[126]

De literatura entendo pouco, embora você, adulador, afirme que entendo tanto quanto você; já em se tratando de cartas de amor, eu sei das coisas. Não é à toa que você diz que, quando entro num estabelecimento, logo sei o que vai com quê e quem com quem.

Você escreve sobre você, mas, quando escreve sobre mim, é ralhando.

[126] Prato típico da cozinha austríaca, uma espécie de bife de vitela à milanesa. (N. do T.)

Não se escrevem cartas de amor para o próprio prazer, assim como um verdadeiro amante não pensa em si quando ama.

Com diferentes pretextos, você escreve sempre a mesma coisa.

Pare de escrever a respeito de como, como, como você me ama, porque no terceiro "como" eu já estou noutra.

TRIGÉSIMA CARTA E ÚLTIMA

Endereçada ao Comitê Executivo Central de Toda a Rússia.[127] *Ela fala novamente das doze pontes de ferro. Esta carta contém um pedido de permissão para retornar à Rússia.*

Declaração ao CECTR URSS

Eu não consigo viver em Berlim.

Em razão de todo o meu modo de vida, de toda a minha experiência, estou ligado à Rússia de hoje. Só sei trabalhar para ela.

Não está certo que eu viva em Berlim.

A revolução me fez nascer de novo, sem ela não tenho como respirar. Aqui só é possível sufocar.

É amarga como pó de carbureto a melancolia berlinense. Não se espantem pelo fato de eu escrever esta carta depois de ter escrito cartas a uma mulher.

Não tenho nenhuma intenção de introduzir no caso uma história de amor.

A mulher para quem eu escrevi nunca existiu. Talvez houvesse outra, boa companheira e amiga, com quem eu não soube me acertar. Ália é a realização de uma metáfora. Inventei uma mulher e um amor tendo em vista um livro sobre

[127] Comitê Executivo Central de Toda a Rússia (Vsierossíiskii Tsientrálnii Ispolnítielnii Komitet): o órgão soberano do Estado, que regia cabalmente os poderes governamentais — os corpos legislativo, administrativo e supervisor da República Socialista Federativa Soviética da Rússia (RSFSR), que veio a centralizar a União das Repúblicas Socialistas Soviéticas (URSS). (N. do T.)

a incompreensão, sobre pessoas estranhas, sobre uma terra estranha. Quero voltar para a Rússia.

Tudo o que existiu — passou; a juventude e a autoconfiança foram tiradas de mim pelas doze pontes de ferro. Levanto o braço e me rendo.

Deixem-me entrar na Rússia com toda a minha singela bagagem: seis camisas (três comigo, três na lavanderia), botas amarelas, lustradas por engano com graxa preta, e uma velha calça azul, na qual tentei, em vão, fazer um vinco.

APÊNDICE

RENOMEANDO ELSA

Letícia Mei

Companheira de Louis Aragon, amiga de Maiakóvski, musa de Viktor Chklóvski, irmã de Lília Brik, cunhada de Óssip Brik... São muitos os epítetos atrelados ao nome de Elsa Triolet. No Brasil, ainda se conhece pouco o seu itinerário como escritora, tradutora, jornalista, crítica teatral, membro da Resistência francesa e voz engajada em prol das mulheres, dos tradutores e de uma literatura progressista. Elsa Triolet, pseudônimo de Ella Iúrevna Kagan, nasceu em 1896 em Moscou e morreu em 1970 em Saint-Arnoult-en-Yvelines, pequena cidade a cerca de 57 km de Paris. Educada no seio de uma abastada família de intelectuais judeus de origem letã, ela cresceu em uma área privilegiada da cidade. Sua mãe, Elena Iúrevna Berman, era pianista amadora, seu pai, Iuri A. Kagan, eminente advogado especializado em contratos artísticos e professor universitário. Sua irmã era Lili Kagan, ou Lília Brik, como ficou conhecida após o casamento com o teórico formalista Óssip Brik. Mergulhada em um ambiente cosmopolita, a família costumava viajar para o exterior durante as férias, sobretudo para a Alemanha, Polônia, Itália, França e Finlândia. Cercada por erudição, Elsa recebeu uma formação sólida: desde cedo aprendeu piano, estudou alemão e francês, teve um percurso acadêmico brilhante e se formou em arquitetura.

Em 1905, a irmã Lília, cinco anos mais velha, juntou-se aos círculos da vanguarda artística russa, onde conheceria o futuro marido Óssip Brik. Assim, por meio da irmã, Elsa conheceu Boris Pasternak, Viktor Chklóvski e Roman Jakobson. Em 1911, tornou-se amiga de Maiakóvski e, por seu intermédio, o poeta conheceria pessoalmente Óssip e Lília, na célebre noite em que lê o poema lírico *Nuvem de calças* na sala do casal. Uma "data feliz" — como relembra Maiakóvski em sua autobiografia — que marca o início de uma relação duradoura entre os três: Lília se tornaria sua amante e musa, Óssip, seu melhor amigo.

O sobrenome Triolet vem do primeiro marido de Elsa, André Triolet, oficial francês que servia em Moscou. Eles se conheceram em 1917, partiram juntos para a França em 1918 e se casaram em 1919. Depois do casamento, viveram um ano no Taiti. Elsa deixou o marido em 1921, mas a amizade e o sobrenome foram mantidos para sempre. Após o divórcio, ela passou temporadas em Londres, onde trabalhou em um escritório de arquitetura, e em Berlim. Na capital alemã, incentivada por Chklóvski, começou a escrever. A correspondência trocada por eles serviu de base para o livro *Zoo, ou Cartas não de amor* (1923), de Chklóvski. Ao ler as cartas de Elsa, Maksim Górki reconheceu imediatamente seu talento literário e a exortou a se dedicar à literatura. O amor de Chklóvski por Elsa parece ter durado muitas décadas, a julgar pela correspondência que mantiveram até o fim da vida da escritora. Embora não tenha sido correspondido da maneira como desejava, Chklóvski teve sempre em Elsa uma amiga fiel e afetuosa.

De volta a Paris, Elsa instalou-se no bairro de Montparnasse, reduto das vanguardas artísticas francesas. Seu primeiro livro, *Na Taiti* (*No Taiti*), foi escrito em russo e publicado em 1924 no número de estreia de uma revista literária dirigida por Górki. No ano seguinte, ganhou uma publicação avulsa em Leningrado. O texto autobiográfico reflete sobre a escrita, a nostalgia do lar, e é um relato dos choques culturais experimentados pela escritora na ilha. No ano seguinte Elsa escreve, ainda em russo, *Ziemlianítchka* (*Morango silvestre*), inspirado em seu diário de infância e publicado em Moscou em 1926. Em 1928, também em Moscou, publica *Zaschítnyi tsviét* (*Camuflagem*).

O encontro com o poeta francês Louis Aragon aconteceu no lendário café La Coupole, em Paris, em 1928. Elsa tornou-se sua grande companheira e com ele se estabeleceu definitivamente na sociedade francesa. Nos primeiros anos, no entanto, o casal enfrentou graves problemas financeiros, e Elsa passou, então, a confeccionar colares, que eram revendidos por Aragon para marcas de alta costura, como Schiaparelli, Poiret e outras. Esse período é retratado no ensaio-reportagem sobre os bastidores da moda parisiense, *Bússy* (*Colares*), seu último livro escrito em russo, publicado parcialmente na União Soviética.

Na década de 1930, Elsa principiou a carreira de tradutora literária do francês para o russo, mas, após uma série de embates com a censura soviética, que alterava e mutilava as traduções, começou a se concentrar na tradução do russo para o francês, sobretudo de poemas de Maiakóvski, mais tarde reunidos no volume *Maïakovski. Poète russe. Souvenirs*, de 1939, que conta com um ensaio alentado sobre o poeta. Elsa também traduziu, entre outros, o teatro de Tchekhov, contos de Gógol e organizou a volumosa antologia *La poésie russe* (1965).

Conciliando a tradução literária com o trabalho jornalístico, ela finalmente escreveu seu primeiro romance em francês, *Bonsoir Thérèse*, publicado em 1938. A Segunda Guerra Mundial e a consequente ocupação da França pelos nazistas alemães marcaram profundamente sua biografia e carreira literária. Elsa colaborou com a Resistência, distribuindo jornais clandestinos, e mesmo durante o conflito continuou a escrever contos e concluiu o romance *Le cheval blanc* (1943).

O conto *Les amants d'Avignon*, publicado em 1943 sob o pseudônimo Laurent Daniel, foi reunido a outros três na coletânea *Le premier accroc coûte deux cents francs* (1945), com a qual Elsa obteve o prêmio Goncourt em 1945, a primeira mulher a recebê-lo.

A História é cada vez mais incorporada à sua produção textual: a solidão do pós-guerra em *L'inspecteur des ruines* (1948), a ameaça da bomba atômica durante a Guerra Fria, em *Le cheval roux* (1953). Seu engajamento político consolidava-se cada vez mais: Elsa participou do Congresso da União das Mulheres Francesas, militou pela paz e defendeu uma literatura progressista. Nos anos 1950, associou-se à direção do Comité National des Écrivains para promover a leitura e a venda de livros; participou ativamente das "Batalhas do Livro", movimento lançado pelo Partido Comunista francês entre 1950 e 1952; circulou por países comunistas com Aragon, a despeito de sua crítica ao stalinismo e de sua indignação com o antissemitismo na URSS. A propósito, em *Le monument* (1957), Elsa expressou seu descontentamento com o regime.

Após sair do comitê, escreveu a trilogia *L'âge de nylon* (1959), uma crítica à sociedade do consumo. A apropriação e a adulteração da biografia de Maiakóvski pelo governo soviético a faz escrever *Le grand jamais* (1965) e *Écoutez-voir* (1968), obras que questionam a legitimidade dos discursos históricos oficiais. A leitura de seus dois últimos livros, *La mise en mots* (1969) — um ensaio sobre os caminhos da criação artística — e *Le roussignol se tait à l'aube* (1970) — um romance sobre a velhice —, é defendida por Louis Aragon como o ponto de partida ideal para adentrar a obra de Triolet, que é extensa e comporta mais títulos do que os aqui mencionados.

Elsa Triolet faleceu após sofrer um ataque cardíaco em 16 de junho de 1970. Após sua partida, o tempo parou para

Louis Aragon, e o calendário da propriedade de Saint-Arnoult-en-Yvelines exibe até hoje a data da morte da escritora. Nos manuscritos de *Écoutez-voir*, lê-se: "o caminho da criação é o caminho da própria vida", e logo abaixo, a frase riscada: "Viver-criar, é a mesma coisa que. Cria-se à medida em que se vive".[1] Sua trajetória extraordinária nos legou uma extensa criação, que testemunha a história da sua vida e do seu tempo.

[1] "Le chémin de la création est celui de sa vie"; "Vivre-créer c'est la même chose que. On crée selon ce qu'on vit". Caderno manuscrito nº 129, p. 14 (Fonds Elsa Triolet-Aragon, CNRS/BnF).

SOBRE O AUTOR

Viktor Boríssovitch Chklóvski nasceu em 1893 em São Petersburgo, filho de um professor de matemática e de uma descendente de colonos alemães. Em 1912, Chklóvski ingressou na Faculdade de História e Filologia, mas não a concluiu; com a eclosão da Primeira Guerra Mundial, juntou-se ao exército como voluntário e logo passou a servir como instrutor na divisão de carros blindados. Foi nesse período que formou a OPOIAZ (Sociedade para o Estudo da Linguagem Poética), grupo pioneiro na análise formal da literatura, e escreveu e publicou textos seminais como "A arte como procedimento".

Chklóvski teve participação ativa na Revolução de Fevereiro e no recém-criado soviete de Petrogrado, e viajou ao *front* ucraniano e à Pérsia como comissário de guerra do Governo Provisório. Após a Revolução de Outubro, teve envolvimento na conspiração antibolchevique encabeçada pelos SR (membros do Partido Socialista Revolucionário) e, com a descoberta do plano, refugiou-se em Sarátov, onde dedicou-se a artigos e ensaios que comporiam seu livro *Sobre a teoria da prosa* (publicado em 1925).

Em 1919, ao voltar à capital, casa-se com Vassilissa Kordi (apelidada Liússia), com quem teve dois filhos: Nikita, que viria a morrer no *front* durante a Segunda Guerra Mundial, e Varvara. Nessa época, Chklóvski lecionou no Instituto de História da Arte, em Petrogrado, e nos estúdios do projeto Literatura Mundial — onde ajudou a formar o grupo de jovens escritores conhecidos como Irmãos Serapião —, além de compilar suas reminiscências sobre a guerra e as revoluções que depois viriam a integrar o livro *Viagem sentimental* (1923), o primeiro de seus três livros de memórias (os outros são *Zoo, ou Cartas não de amor*, de 1923, e *Terceira fábrica*, de 1926).

Ao longo dos anos 1920, após um breve exílio em Berlim, Chklóvski se envolveu nos círculos futuristas, tornou-se um dos líderes do grupo que editava o periódico *LEF* (*Front de Esquerda da Arte*) e participou das discussões sobre vanguarda e formalismo que vinham se acirrando cada vez mais. Em 1930, logo após os escândalos que fizeram cair em desgraça escritores como Boris Pilniák e Ievguêni Zamiátin, Chklóvski publica o artigo "A respeito de um erro científico", em que se volta contra seu passado formalista. A partir de então segue publicando teoria e crítica literária, embora mais espaçadamente e com maior enfoque biográfico e memorialista, como em *Sobre Maiakóvski* (1940) e *Lev Tolstói* (1963). Trabalhou também como montador de filmes e roteirista para o Comitê Estatal de Cinematografia (GOSKINO), deixando um grande volume de escritos sobre cinema, reunidos postumamente, com destaque para um importante estudo sobre Serguei Eisenstein.

Em 1956 casa-se com Serafima Siuk, que era então sua datilógrafa, e com quem viveu até os últimos anos de vida. Em 1965, com a publicação de uma antologia dos críticos formalistas na França, organizada por Tzvetan Todorov, surge uma nova onda de interesse pela obra de Chklóvski, sobretudo no Ocidente. Chklóvski escreveu e publicou até o fim de seus dias, e seus últimos livros são frequentemente reavaliações de textos da juventude, como a versão de 1983 de *Sobre a teoria da prosa*, em que revisita o livro homônimo, já alçado à condição de clássico. Em 1984 morreu em Moscou, de causas naturais, aos 91 anos de idade.

SOBRE O TRADUTOR

Vadim Nikitin (Moscou, 1972) vive no Brasil, São Paulo, desde 1976. Formado em Letras pela FFLCH-USP, é tradutor, dramaturgo, diretor, ator e letrista. Traduziu *Duas narrativas fantásticas: A dócil e O sonho de um homem ridículo*, de Fiódor Dostoiévski (Editora 34, 2003), *O homem sentado no corredor e A doença da morte*, de Marguerite Duras (Cosac Naify, 2007), *Do amor e O idílio da Carvoeirinha*, de Federico García Lorca (em *Os títeres de porrete e outras peças*, SM, 2007) e *Histórias de bichos*, de Lev Tolstói (SM, 2013). Para a trupe de Elcio Nogueira Seixas e Renato Borghi, traduziu *Tio Vânia* (1996) e *O jardim das cerejeiras* (2000), de Anton Tchekhov, e *Tímon de Atenas* (2006), de William Shakespeare. Para a Cia. Livre, traduziu *Um bonde chamado desejo* (dir. Cibele Forjaz, 2001), de Tennessee Williams (Peixoto Neto, 2004) e, entre 2008 e 2013, colaborou nas dramaturgias de *O idiota*, de Dostoiévski (dir. Cibele Forjaz), e de *O duelo*, de Tchekhov (dir. Georgette Fadel).

Participou do projeto *Cia. Livre conta Arena 50 anos* (ocupação do Teatro de Arena de São Paulo, 2004). Com Guilherme Wisnik, fez a curadoria de *Na sala da memória*, palestras multimídia de Ferreira Gullar e Paulo Lins (Sesc Pinheiros, São Paulo, 2003) e, com Cacá Machado e José Miguel Wisnik, das exposições *Machado de Assis, mas este capítulo não é sério* e *Oswald de Andrade: o culpado de tudo* (Museu da Língua Portuguesa, 2008-2011). Foi dramaturgo do espetáculo *Um jeito de corpo*, do Balé da Cidade de São Paulo, baseado na obra de Caetano Veloso (coreografia de Morena Nascimento, 2018). Atuou no Teatro Oficina de 1996 a 2005 (*As Bacantes*, de Eurípides, *Ela*, de Jean Genet, *Ham-Let*, de Shakespeare, e *Boca de Ouro*, de Nelson Rodrigues, dir. Zé Celso Martinez Corrêa), em *As três irmãs*, de Tchekhov (dir. Bia Lessa,

1998) e em *Toda nudez será castigada*, de Nelson Rodrigues (Cia. Livre, dir. Cibele Forjaz, 1999). Além de dirigir *Os sete gatinhos* (2001), de Nelson Rodrigues, escreveu e dirigiu, entre 1997 e 2021, as peças *Canção de cisne*, variação sobre Tchekhov, *2497 rublos e meio*, série de *lazzi* dostoievskianos, *A voz que resta*, monólogo para Gustavo Machado (que em 2025 virou longa-metragem, dir. Gustavo Machado e Roberta Ribas) e o monólogo-média-metragem *Stavrôguin, eu mesmo*, adaptação de passagens de *Os demônios*, de Dostoiévski, para Luah Guimarãez.

COLEÇÃO LESTE

István Örkény
A exposição das rosas e A família Tóth

Karel Capek
Histórias apócrifas

Dezsö Kosztolányi
O tradutor cleptomaníaco e outras histórias de Kornél Esti

Sigismund Krzyzanowski
O marcador de página e outros contos

Aleksandr Púchkin
A dama de espadas: prosa e poemas

A. P. Tchekhov
A dama do cachorrinho e outros contos

Óssip Mandelstam
O rumor do tempo e Viagem à Armênia

Fiódor Dostoiévski
Memórias do subsolo

Fiódor Dostoiévski
O crocodilo e Notas de inverno sobre impressões de verão

Fiódor Dostoiévski
Crime e castigo

Fiódor Dostoiévski
Niétotchka Niezvânova

Fiódor Dostoiévski
O idiota

Fiódor Dostoiévski
Duas narrativas fantásticas: A dócil e O sonho de um homem ridículo

Fiódor Dostoiévski
O eterno marido

Fiódor Dostoiévski
Os demônios

Fiódor Dostoiévski
Um jogador

Fiódor Dostoiévski
Noites brancas

Anton Makarenko
Poema pedagógico

A. P. Tchekhov
O beijo e outras histórias

Fiódor Dostoiévski
A senhoria

Lev Tolstói
A morte de Ivan Ilitch

Nikolai Gógol
Tarás Bulba

Lev Tolstói
A Sonata a Kreutzer

Fiódor Dostoiévski
Os irmãos Karamázov

Vladímir Maiakóvski
O percevejo

Lev Tolstói
Felicidade conjugal

Nikolai Leskov
Lady Macbeth do distrito de Mtzensk

Nikolai Gógol
Teatro completo

Fiódor Dostoiévski
Gente pobre

Nikolai Gógol
O capote e outras histórias

Fiódor Dostoiévski
O duplo

A. P. Tchekhov
Minha vida

Bruno Barretto Gomide (org.)
Nova antologia do conto russo

Nikolai Leskov
A fraude e outras histórias

Nikolai Leskov
Homens interessantes e outras histórias

Ivan Turguêniev
Rúdin

Fiódor Dostoiévski
A aldeia de Stepántchikovo e seus habitantes

Fiódor Dostoiévski
Dois sonhos: O sonho do titio e Sonhos de Petersburgo em verso e prosa

Fiódor Dostoiévski
Bobók

Vladímir Maiakóvski
Mistério-bufo

A. P. Tchekhov
Três anos

Ivan Turguêniev
Memórias de um caçador

Bruno Barretto Gomide (org.)
Antologia do pensamento crítico russo

Vladímir Sorókin
Dostoiévski-trip

Maksim Górki
Meu companheiro de estrada e outros contos

A. P. Tchekhov
O duelo

Isaac Bábel
No campo da honra e outros contos

Varlam Chalámov
Contos de Kolimá

Fiódor Dostoiévski
Um pequeno herói

Fiódor Dostoiévski
O adolescente

Ivan Búnin
O amor de Mítia

Varlam Chalámov
A margem esquerda (Contos de Kolimá 2)

Varlam Chalámov
O artista da pá (Contos de Kolimá 3)

Fiódor Dostoiévski
Uma história desagradável

Ivan Búnin
O processo do tenente Ieláguin

Mircea Eliade
Uma outra juventude e Dayan

Varlam Chalámov
Ensaios sobre o mundo do crime (Contos de Kolimá 4)

Varlam Chalámov
A ressurreição do lariço (Contos de Kolimá 5)

Fiódor Dostoiévski
Contos reunidos

Lev Tolstói
Khadji-Murát

Mikhail Bulgákov
O mestre e Margarida

Iuri Oliécha
Inveja

Nikolai Ogniòv
Diário de Kóstia Riábtsev

Ievguêni Zamiátin
Nós

Boris Pilniák
O ano nu

Viktor Chklóvski
Viagem sentimental

Nikolai Gógol
Almas mortas

Fiódor Dostoiévski
Humilhados e ofendidos

Vladímir Maiakóvski
Sobre isto

Ivan Turguêniev
Diário de um homem supérfluo

Arlete Cavaliere (org.)
Antologia do humor russo

Varlam Chalámov
A luva, ou KR-2 (Contos de Kolimá 6)

Mikhail Bulgákov
Anotações de um jovem médico

Lev Tolstói
Dois hussardos

Fiódor Dostoiévski
Escritos da casa morta

Ivan Turguêniev
O rei Lear da estepe

Fiódor Dostoiévski
Crônicas de Petersburgo

Lev Tolstói
Anna Kariênina

Liudmila Ulítskaia
Meninas

Vladímir Sorókin
O dia de um opritchnik

Aleksandr Púchkin
A filha do capitão

Lev Tolstói
O cupom falso

Iuri Tyniánov
O tenente Quetange

Ivan Turguêniev
Ássia

Lev Tolstói
Contos de Sebastopol

Tatiana Tolstáia
No degrau de ouro

Nikolai Leskov
Um pequeno engano e outras histórias

Este livro foi composto em Sabon, pela Franciosi & Malta, com CTP e impressão da Edições Loyola em papel Pólen Natural 80 g/m² da Cia. Suzano de Papel e Celulose para a Editora 34, em setembro de 2025.